# I RACCONTI DELLA MIA RIVIERA

## EGISTO ROGGERO

Noi liguri si parte; si va pel mondo, ci si perde in esso; si va a portare nelle più lontane plaghe il nostro lavoro e le nostre energie. E portiam con noi la fierezza che ci ha fatto fama di rudi e la poesia indomata ch'è in fondo a tutti i nostri cuori, poesia che ci ha messo, nascendo, negli occhi e nell'anima il nostro mare, il nostro cielo, il nostro bel sole, le nostre colline pallide di ulivi ed i giardini vividi di fiori e di palme.

Viene anche con noi quell'entusiasmo pratico e sicuro che ci fa sempre vincere, e per cui nulla vien da noi fatto senza amore, anche le opere più aspre e faticose: e vien sopratutto con noi la fede. Poichè in ciascuno di noi liguri c'è sempre un poco di Colombo e di Mazzini.

E poi un giorno si ritorna. Si ritorna ricchi, spesso, ma talvolta anche poveri, come quando siamo partiti. Ma ne' luoghi ove siamo stati non fummo mai inutili: qualcosa di noi è rimasto, qualcosa di buono vi abbiam compiuto; il ricordo di noi, laggiù dove siamo stati, resterà. Resterà la fama della nostra bonaria onestà, resterà la traccia dell'operosità laboriosa ch'è in noi una seconda natura, di cui non ci vantiamo perchè è il nostro carattere ed il nostro piacere; le albe di tutti i paesi ci hanno veduto per i primi levarci; nessuno potrà mai ricordarsi di non averci veduti esatti e puntuali alle ore stabilite: sappiamo, da' bambini, che il tempo è prezioso per noi e non ne defraudiamo per istinto gli altri. Resterà la memoria di noi liguri che siano «buoni italiani» e dove siamo passati il nostro paese non ha avuto mai da vergognarsi...

Si ritorna quasi sempre vecchi, o quasi vecchi. Il lavoro, le iniziative, le vicende delle nostre imprese o de' commerci che abbiam portato lontano dal nostro paese ci han preso tutti i begli anni di giovinezza. Ogni giorno si diceva: fra poco torneremo. Ma il dovere, o la passione dell'impresa e del lavoro ci faceva restare. Sapevamo però bene che si sarebbe tornati: un genovese ritorna sempre al proprio mare; fuori dalle sue colline di ulivi, da' suoi scogli, o da' suoi campi egli resta sempre un «foresto»; altri italiani finiscono per acclimarsi completamente, diventar francesi, inglesi, russi od americani: i liguri restano sempre liguri, e, come certi lontani popoli orientali, sanno che il giorno verrà sempre in cui andranno a riposare sotto la loro terra fiorita anche d'inverno. Potranno dimenticar cento cose, imparare a servirsi alla perfezione della nuova lingua del paese a cui danno il lavoro e la loro operosità: mai dimenticheranno il loro linguaggio, e certe interiezioni tipiche – fortemente tipiche, che nessun genovese potrà mai togliersi di bocca! – echeggeranno all'improvviso, con curiosa meraviglia degl'ignari ascoltatori, in mezzo alle parole inglesi, russe, argentine o nordamericane ch'essi hanno adattate al loro accento caratteristico in quel loro passaggio momentaneo di vita lontana dalla propria riviera.

Il nostro linguaggio! Strano linguaggio che, incontrandoci, nel mondo, fra due di noi, intavoliamo subito e che ci isola come in una plaga misteriosa, poichè da nessuno – che non abbia vissuto molto tempo in Liguria – è compreso.

E quando si ritorna...

Il treno ch'è corso tutta la notte sui bordi della maremma toscana vasta e brulla entra con i primi barlumi di luce in una conca di verde: corrono le collinette ricche di vigne che precedono la Spezia. In alto, rosee nel primo sole, sono villette bianche o vivamente colorite, piccole chiese, villaggetti.

Il mare che s'intravvede a tratti, s'è fatto più azzurro: di un azzurro intenso che le fascie color di rosa dell'alba irradian come una madreperla. E le colline si susseguono veloci: e si fanno più floride, più fitte di casine, di piccole chiese a torre; alti comignoli fumiganti appaiono qua e là tra il verde. Alte case dalle grandi vetrate, quadre e simmetriche, si profilan di sbieco poi sembran voltarsi di fronte per presentarsi intere allo sguardo di colui che ritorna, che s'è fatto al finestrino e guarda pensoso e intensamente. Quelle grandi case sono opifici: alcuni neri, circondati da vaste tettoie metalliche, sono ferriere, cantieri, officine meccaniche, altre, chiare ed ancor scintillanti di lumi dietro le vetrate nell'alba sono cotonifici. Ed ecco la Spezia, nella sua conca di luce: la città più luminosa dell'Alta Italia, tra il verde delle sue colline e l'azzurro del suo golfo, adagiata accanto al formidabile suo arsenale forza marinara d'Italia.

Dopo la Spezia «colui che ritorna» si fa più attento: è commosso; si prepara. Egli entra nella sua vera Liguria. Sfilano i paeselli delle Cinque Terre, famosi pel loro vino: e il paesaggio si fa rude e selvaggio. Grandi rocce discendono a picco sul mare: e qualche nero pizzo si protende contorto nelle onde; il treno non fa che imbucarsi in miriadi di gallerie per uscirne un momento a ricevere un bacio di sole e inabissarsi ancora. Larghi finestroni aperti nella rupe che sembrano inseguirsi lasciano scorgere il mare verde e spumoso che manda il suo risucchio fragoroso in un'ondata di spuma nel sole al treno che fugge nel fruscìo che turbina nel lungo corridoio sotterraneo. A tratti il paesaggio si apre: e sono vallette chiare, lontane dal mare (il mare è in fondo, una fascia azzurra e chiara) e case, villette, campanili colorati, ponti, giardini, viuzze che si snodano e s'inerpicano su per la collina: poi si ritorna nel buio sotterraneo. Ed ecco Chiavari bianca e luminosa, ecco la pianura di Sestri Levante, ricca e verdissima, sullo sfondo degli alti monti di pini marittimi e il mare fedele a sinistra.

Poi il paesaggio sembra inabissarsi: si corre su ponti altissimi, le case sono giú, abbasso, e sembran giocattoli di bimbi. E si rivedono le note strade che si snodano là sotto, piccine piccine, bianche e a giravolte, veri ghirigori di seta; si rivedon i noti campanili, le piazzuole alberate, con la statua nel mezzo, tutto ridotto, piccolo, minuto, visto così dall'alto, e correndo senza tregua; solo grandi, solenni, poderose le colline azzurrastre che si profilano a far da sfondo aprendo vallate, stringendosi in gole, sbarrando il passo al treno che vi si caccia risolutamente dentro e le trapassa sbucando in paesaggi nuovi, con, nuovi paesetti, nuove chiesuole, piazze, opifici e giardini. Giardini da per tutto: e fioriti sempre, anche d'inverno, mentre al di là dalle alte colline la neve scintilla ancora al sole e il paese da cui s'è venuti è scuro di pioggia.

E ad una fermata affrettata del treno colui che ritorna discende in fretta. È arrivato. È il suo paese. È stato solo a discendere; i suoi compagni di viaggio dormenti ancora o insonnoliti non ismonteranno che a Genova, altri proseguiranno ancora, su, su, per Torino o Milano, o verso la frontiera francese della Cornice. Egli è contento di essere così solo: aspetta che il treno abbia ripreso la sua corsa, siasi involato nella bocca nera della galleria aperta per ingoiarlo, per poter respirare intensamente l'aria del suo paese. Il noto odore: e con esso tutti i ricordi della fanciullezza, de' suoi anni giovanili, tutte le sensazioni prime della sua vita gli vengon incontro con quell'odore, ch'è un misto di mare, di profumo di orti, di fiori e di fumo di cantiere.

Ed entra in paese. Povero caro piccolo paese! È sempre lo stesso. Nulla è mutato nelle sue viuzze aspre: sono gli stessi ciottoli, le stesse insegne delle botteghe di quando sei partito – venti, trent'anni fa – ecco le note cantonate delle case, le gelosie verdi, la meridiana scolorita sulla parete laterale della chiesa; il piccolo albero che usciva da quel muricciolo – lo ricordi bene, ora, all'improvviso – è cresciuto anche lui, come tu sei invecchiato, s'è fatto adulto, ha messo tronchi solidi, da buon albero serio, come te, che hai veduto passare gl'inverni e le primavere, una dopo l'altra per anni ed anni, fino ad oggi.

E traversi la piazzetta silenziosa nell'ora mattutina: gli alberelli verdi – otto o dieci piccole acacie potate a mezzo – son rimaste nane, come allora, le gelosie sono ancora tutte sbarrate, e chiuse le bottegucce: solo il caffeuccio ed il barbiere hanno aperto, per gli avventori mattinieri: e vi si vede dentro il padrone che spolvera col piumino ed il lavorante che spazza per terra.

Ma colui ch'è ritornato non si ferma: non entra nel caffè nè ricorre neppure al barbiere per farsi togliere di dosso la caligine del viaggio. Egli si avvia sicuro verso una stradicciola che appena sbucata fuori del paese s'inerpica su per la collina scogliosa. La prima visita è ai cari che ha lasciato e che ora dormono tutti nel piccolo camposanto sul colle che guarda il mare.

Piccoli camposanti di Liguria! Pochi palmi di terra, molti fiori arrobustiti dalla brezza salina, il gran sole per monumento comune, la visione del mare per conforto eterno.

Il cancellino è aperto: silenzio profondo: nessuno: non vi sono che i morti a salutare colui che è ritornato, dopo tanti anni. Parrebbe abbandonato, il piccolo camposanto ligure, ma non lo è. La distesa delle croci bianche è tenuta gelosamente sgombra dalle erbacce invadenti: i vialetti cosparsi di sabbia marina sono nitidi, sgombri d'ogni ciottolo. Una breve commossa ricerca: ed ecco la tomba dei due cari lasciati in quel giorno lontano con la promessa e la speranza di rivedersi presto; e la tristezza accorata di oggi ricorda che l'abbraccio di quell'alba, al momento della partenza, fu l'ultimo. Le due croci bianche sono accostate: esse son lievemente piegate l'una verso l'altra, quasi a continuare le intime confidenze che nel gran riposo dell'al di là legano ancora e per sempre le due anime, i cui vecchi corpi riposano lì sotto. Povero e caro babbo! Santa mamma! la prima visita è stata per essi: per tanti anni, laggiù, nel lontano paese il pensiero di questo luogo e di questo momento fu signore costante dell'anima, ed ora finalmente il voto ha potuto essere sciolto. E la preghiera, fatta più di pensiero che di parole, che si mormora davanti a quelle due bianche pietre, sale quasi lieta e serena nell'aria piena di sole che luce intorno e si diffonde in una larghezza di visione che ha per isfondo la grande conca del mare perlato nella gaiezza mattinale.

Poi ci si alza. E ci si guarda intorno, alla ricerca degli amici, delle altre conoscenze che lì, fra que' morti, ci attendono per ricordarsi a noi e darci il bentornato.

Mortuis morituri. Un solo nome e una data: ma che ci fan rivivere intenso tutt'un palpito di vita nostra che pareva scomparso dalla nostra esistenza e che ora rinasce vivido. Carlo Peretti, morto il... Ah, Peretti! Lo avevamo dimenticato: e lo rivediamo come se fosse ora, lì, con noi, vivo e ridente. Il buon Peretti! eravamo stati compagni alla scuola nautica. Non aveva che due sogni: passar capitano e sposare la sua Maria. Ci sembra rivederlo chino ostinato sul libro delle formole nautiche: e tra un rabesco e l'altro dell'algoritmo egli sospirava il visuccio bianco della sua amata. Poichè in fondo all'animo di noi liguri vive perenne una quasi ingenua sentimentalità che mai più si perde, anche invecchiando nelle più rudi battaglie del lavoro. È la sentimentalità pura, un po' ritrosa e tutta intima, che ci matura la dovizia di luci, di colori, di sole che son la poesia naturale de' nostri luoghi e della nostra giovinezza.

E potrete così poi sentir raccontare piccole storie semplici di amori tenaci che sembreranno ingenue ad altri, maturati nelle calche di altre città affannate di vita affrettata e più egoista. Nel vero ligure v'è sempre un poco del fanciullo e del marinaio, che le lunghe calme in alto mare fan sognare guardando le stelle o l'orizzonte lontano dietro il quale sa che vive la sua costa azzurra. Povero capitan Peretti. Egli aveva dunque finita la sua giornata. E la sua Maria?... E si cerca tra le croci se altri vengono a ricordarcisi. Ecco: Luigina Anfossi.... – e il cuore vibra per un'antica commozione. C'è anche il ritrattino sotto il vetro: un piccolo medaglione che il tempo ha scolorato, ma non per noi, che un po' affannosi andiamo a ricercare in esso i lineamenti cari alla nostra prima giovinezza.

E il ritrattino sbiadito rinnova per noi il suo antico sorriso. Ah, la piccola Luigia ligure dagli occhi color del nostro mare! Abitavi la grande casa – tutto ora noi ricordiamo – in fondo al paese, in pieno sole. In basso, sulla strada, v'era un muretto che guardava un orto lussureggiante di verdure e di rose – strana fraternità assai comune in Liguria – e ci si indugiava appoggiati a quel muretto a guardar la valle che discende alla riva, perchè lassù, dietro le gelosie verdi, c'eran que' due occhi che ci teneano compagnia....

E si ritorna in paese, piena l'anima del colloquio con i morti che furon un giorno i nostri compagni di vita e che han voluto precederci nel campicello di sole dove non ci sembra piú amaro andar presto a riposare anche noi; e si ritorna giù, nelle viuzze animate adesso, a ricercar ne' volti dei rimasti le tracce de' nostri ricordi lontani, quando ci bastava un poco di azzurro in alto, de' fiori a noi intorno, e due occhi turchini sopra un visetto pallido.

Poichè, essi, sono rimasti i nostri ricordi migliori...

# LA SIGNORINA MARIA

## Granci, ricci e sole.

La nuda schiera dei ragazzi si preparò all'assalto:

– Attenti, dunque... e pronti!

E l'ondata, svolgendo turbinosa le sue spire bluastre come una enorme serpe lanciata, si precipitò d'un gran balzo contro lo scoglio e la spiaggia. S'infranse in un getto altissimo e luminoso, una nuvola di candore, scorrendo, scivolando e perdendosi poi per una miriade di rivolini di spuma e di perline nell'onda tutta mossa e palpitante all'intorno.

Il grido incitante dei ragazzi si ripetè:

– Attenti, dunque... e avanti!

E la schiera si gettó nella conca formata dal forte risucchio delle acque tutte frementi ancora per lo schiaffo dell'ondata di poc'anzi.

Con quattro colpi vigorosi di braccia e di gambe la schiera conquistatrice fu inerpicata sulle sporgenze aguzze del gran masso nerastro tutto crepe, e gran reame di ricci, arselle e granchiolini.

– Urrà! – fu il grido di quei sette od otto piccoli conquistatori, nudi, la pelle bronzata dal bacio marino, tutti stillanti d'acqua e i capelli imbevuti di salino.

Ma il capo della schiera, un bel ragazzo biondo, non arrestò il suo impeto alle prime pietre: agile e svelto continuò l'ascesa su per le punte bluastre, ed in breve fu sulla vetta. Ed ivi si rizzò, bello, forte, scultoreo, tutto nudo com'era, contro il sole e l'azzurro, guardando il mare davanti a sè ed i suoi compagni sotto, aggrappati alle sporgenze dello scoglio, tutti più piccoli di lui, in quel momento.

Ed un nuovo grido, quasi di sommissione, salì da essi a lui:

– Urrà! Urrà!

Ed ecco la nuova ondata che correva a unire il suo ruggito al grido dei ragazzi. Venne, si precipitò, s'infranse; scintillò nivea al sole un momento e si perdette ancora nell'onda in movimento...

– Ecco i granci – gridò uno, protendendosi verso una gran crepa dello scoglio.

– I ricci, i ricci! – fecer eco gli altri, affollandosi in un anfratto pieno ancor d'acqua e di spuma.

Il ragazzo biondo, dall'alto del suo picco, non si curò gran che di loro: il suo occhio spaziò all'intorno: prima sul mare azzurro e ribollente, quindi si volse alla spiaggia, e su su, sopra il paese. Camogli, che s'inerpica con le sue casette rosse, i suoi giardini, le brevi viuzze ripidissime, su, pel monte alto e pallido d'olivi, fino alla strada di Ruta...

Alcune nuvole correvano, a destra, verso Genova: a sinistra il promontorio di Portofino s'ergeva diritto e bluastro – una barca in pieno sole si lasciava cullare dalla bonaccia azzurra...

– Marino – gridò uno da basso – non ne vuoi dunque portare tu a casa de' ricci? ...

Marino guardò, fece un guizzo, sotto il sole che gli seccava la pelle, e discese, sicuro, giù per le balze del dirupo marino.

Immerso fino alla cintola nell'acqua salsa egli ne assaporò il voluttuoso arziglio (è così in ligure l'olezzo del mare) se ne spruzzò il volto, la testa, le spalle, poi si gettò a nuoto mentre la nuova ondata si preparava da lontano a raggiungerlo.

Ma egli con due colpi vigorosi di braccia non si lasciò avvicinare: e un poco prima ch'ella spumeggiante si scagliasse sulla riva, era già ritto, e ridente sulla sabbia umida e al sicuro.

I compagni, ricchi abbastanza di preda, aspettavano dallo scoglio il risucchio dell'ondata per lanciarsi alla lor volta alla riva.

E si lanciarono, ridendo e schiamazzando.

Uno solo non fece in tempo. La nuova ondata gli era sopra, vicinissima, turbinosa. Il poveretto mando un urlo che gli spruzzi soffocarono. I compagni guardavano tra ridenti, sorpresi ed indecisi... Ma, Marino, il bel ragazzo biondo si lanciò e prima che la grande onda li afferrasse ambedue, avventò a terra il piccolo inesperto. E si voltò ancora, ridendo, a mostrare i pugni all'acquazzone salmastro che lo aveva investito alle spalle, impotente.

Il povero ragazzo s'era buttato – al sicuro adesso – a sedere sulla sabbia, e un poco pallido, guardava lo sfacelo dell'ondata che aveva tentato giocargli il brutto tiro...

Marino gli si avvicinò e gli pose una mano sulla spalla:

– Di' la verità, hai avuto paura? – dimandò.

– Io? no... – mormorò l'altro.

Ma tremava ancora.

Marino gittò un sasso nell'acqua, momentaneamente cheta, e stette pensoso a guardar le onde a cerchio, da prima piccole, poi maggiori, poi sempre maggiori... finchè si perdevano nel grand'azzurro.

Indi corse a vestirsi con gli altri.

Su per la straduzza ripida, fiancheggiata da' muri dei giardinetti delle case, che conduceva in paese, i ragazzi carichi della loro preda marina andavano, ora, allegri e cantando

Marino non aveva che un solo riccio, ma enorme, bellissimo: una rarità.

La bruna bestiola, dai neri aculei aguzzi e taglienti, non istava quieta: ruotava le sue armi, anelante il suo scoglio, il suo salino... Marino rideva, sentendosi pungere.

– Cecchino non canta! ha avuto paura di affogare – disse uno della comitiva.

Cecchino era l'inesperto rimasto in acqua nel ritorno dallo scoglio.

– Lasciatelo stare, Cecchino – disse Marino, avvicinandoglisi.

Era un ragazzetto mingherlino e pallido, figlio di ricchissimi, ben vestito e poco forte.

– Fatti dare il fernet, appena a casa – disse un altro.

Cecchino si strinse nelle spalle, più pallido ancora e taciturno.

Marino gli mormorò vicinissimo:

– Di' la verità, hai avuto paura? Ti sei fatto male?

– No – rispose il ragazzo.

Marino gli mostrò il bel riccio.

– Tu non hai nulla da portare a casa dalla pesca... lo vuoi?

Il ragazzo lo guardò riconoscente.

– Sì.

– To', prendilo.

E Marino gli strinse il braccio con amicizia.

E Cecchino rise, racconsolato.

I ragazzi si disperdevano per le vie del paese. Molti avean le loro case abbasso, presso la Chiesa; Cecchino s'infilò per il viale alberato, poichè egli aveva la casa sulla piazza, un poco più in giù del monumento del colonnello Schiaffino, quello morto a Calatafimi, con Garibaldi.

Marino invece abitava più in su di tutti, sulla collina, verso Ruta.

Egli passò dinanzi all'istituto Nautico ove suo padre in quel momento stava certamente insegnando, e, rimasto solo, s'avviò per la solitaria stradetta che s'inerpicava in alto, fra gli ulivi...

Il sole scottava. Ma che bel sole! Marino sentiva nelle vene, in tutto il corpo, la forza benefica e sana del buon bagno fatto nel mare, suo amico. Un benessere, una pienezza giovanile e forte che lo inebbriava tutto. Teneva alta la testa, aperto il petto; respirava forte la brezza fresca che veniva su dal mare. E ovunque intorno, era il sole!

Si fermò un momento a guardare: giù nel suo mare alcune vele candide s'erano aperte, come ali.

E fu in quel punto che il cancelletto della «Villa Bianca» proprio al suo fianco, stridette, cigolò, s'aperse.

E la snella figuretta della signorina Maria apparve nel vano.

Avea il corsettino rosso, attillato sulla gonna corta, d'un azzurro cupo.

Sotto il cappellone scuro, sotto i brevi riccioli bruni, nel visetto pallido ed aristocratico i suoi occhi nerissimi sfolgorarono, un lampo, fissi su di lui.

Poi voltò la testolina, civettuola, indietro, verso la donna che veniva dopo...

Marino la guardò discendere, bellissima, nei suoi quattordici anni già donnina, elegante, a fianco della cameriera, giù per la viuzza ripida...

Giunta in fondo ella si voltò: i suoi occhi neri sul visetto pallido, sotto il gran cappello, sfolgorarono ancora, verso lui.

E scomparve dietro il muro.

La signorina Maria! la figliuola del ricchissimo forestiero, che avea comprato la villetta da poco, rimettendola tutta a nuovo...

E Marino riprese il cammino verso la sua casetta, tutta bianca fra gli ulivi, lassú in alto, in mezzo al sole.

Numeri e Sogni.

Una mano si posò sulla spalla del giovine, chino sopra il libro.

– Marino – disse la voce grave e dolce del padre – tu avrai domani l'esame,di astronomia...

Il giovane si volse.

– Sì, babbo... oh, ma son preparato!

Il padre sorrise.

– Non ho detto per questo... chè ne son ben, sicuro. E poi, lo sai... ne so pure qualcosa anche io!...

E aggiunse, ancor sorridendo:

– Era per dirti che tu sarai dimandato, in mia vece, dal collega De Marta... quello di geografia; tu mi comprendi.

– Oh, babbo – disse Marino ridendo – non ti farò sfigurare... sta certo.

– Bene.

E la mano paterna tornò ad abbassarsi grave e tenera sulla spalla del figliuolo.

Era una bella, alta e serena figura, quella del padre. Il professore Marini avea dato alla scuola, alla famiglia e alla sua Specola, su, sull'alto della torretta bianca della casa, tutto il suo pensiero di uomo e di studioso. E all'Istituto Nautico era adorato.

Il tavolino ove Marino studiava era accanto al balcone, pendente sugli ulivi e sul mare aperto, infinito, là sotto e davanti a lui. Una nave nera passava in quel momento nell'azzurro, e sembrava librata in aria. Marino ne ascoltò l'ansar precipitoso della macchina, pari al batter del cuore della nera nave che filava nel tramonto...

– E domani – riprese la voce del padre, con tenerezza – tu compi i diciotto anni...

– E sarò capitano!... – rispose il figlio.

E le braccia del figliuolo s'appesero al collo del padre.

Ma una lieve tossetta si era fatta udire, dietro di loro.

Si voltarono.

Era la mamma, la buona mamma che rideva, gli occhi umidi, alla scena.

E l'abbraccio si rinnovò, in tre, questa volta.

– Capitano! – diceva ridendo la signora Irene.

E guardava il figliuolo, che vedea ancora fantolino biondo e paffuto, così poco tempo indietro, nel suo cuore. Diggià! era dunque divenuto sì grande? eran dunque passati così presto gli anni?...

– E poi il mare!... i diciotto mesi di pratica, alla vela! – mormorò il figliuolo, guardando davanti a sè, fuori del balcone, l'azzurro che diveniva violaceo.

Ah! una lieve nube passò sul volto della buona madre. Questo pensiero la corrucciava. Era questa la sua ombra nera! I diciotto mesi di mare, per avere la patente!... Ma perchè pensarvi adesso, in quel momento?...Ella si chinò di nuovo sulla testa del figliuolo e la baciò, lasciando in quel bacio tutte le sue ansietà e il suo corruccio. E corse di là, ove la chiamavan le cure della casetta.

– La vita è dovere – disse il padre con tenerezza, guardando il bel figliuolo sano e forte, nato appunto pel dovere e la lotta.

– Lo so, babbo – disse Marino, alzando sul volto del padre i suoi occhi cerulei, pieni di volontà e di convinzione.

E si alzò.

Andó presso il balcone e guardò in giù. Il dorso del colle, la vallicella, il mucchio di case, si velavano della penombra vaga che saliva dal mare. Camogli ammucchiato in fondo, era già tutta scura, nell'ombra. Una finestra della Chiesa, ch'è proprio sul mare e sembra una fortezza bianca, sola scintillava, rossa come un occhio di fuoco. Veniva su, l'odor della sera, alitante di mare, di piante e fiori. E l'occhio del giovane scese giù, accarezzando, sul dorso del colle pallido d'ulivi. Si fermò alla casina chiara, che riposava queta, baciata da un'ultima carezza rosea che veniva dal mare. La casina chiara!... Il cuore del giovane palpitò; la carezza del suo sguardo l'avvolse tutta. Il cielo in fondo era tutto roseo.

Il padre, accanto, guardava anche lui giù, nelle ombre che s'addensavano.

Aveva forse, il sagace cuore paterno, intuito ove s'era indugiato, carezzoso, lo sguardo del figliuolo?

Egli disse

– Il signor Paoletti... ah, s'è deciso sai? pel figliuolo!...

– Ebbene? – mormorò Marino.

– È uomo di carattere! – continuò il padre. – Il ragazzaccio gli ha dichiarato, l'altro giorno, che non si sentiva di dar l'esame. Il padre gli ha risposto: – Sta bene, avrai tempo a darlo in altro momento, l'esame! Frattanto partirai subito per la pratica. – Ed è partito questa mane da Genova, semplice mozzo, sulla Battistina! Mi capisci?...

Marino annuì.

– Il signor Paoletti conosce la vita – continuò il professore – egli l'ha salita tutta, dal primo gradino, lavorando di schiena: i suoi milioni di oggi gli costano gocce di sangue e sudore! Fa bene a non voler signorie fiacche, in casa. Anche la ragazza...

Marino attese, guardando nelle ombre che salivano sempre.

– Anche la ragazza la pensa come lui – finì il padre.

La sera era caduta ormai. Si sentiva il respiro del mare, nell'ombra. In basso si accendevano piccoli lumi qua e là, da ogni parte. Un più diffuso barlume era Camogli. A destra, ogni tratto, nella bruma splendeva una stella vivida, un solo momento, poi si spegneva: era il faro di Genova.

La nave nera di poc'anzi s'era involata nelle brume del mare. Però Marino aguzzando la vista – la sua buona vista di futuro marinaio! – intuì, lontanissimo, incerto, il fanale rosso perduto nella notte... E pensò che la nave correva, ormai sicura e sottomessa al suo destino, come tutti, sulla terra e sul mare. E anche lui un giorno, come quegli ignoti uomini là, sarebbe corso nelle brume, incontro al suo destino, alla sua mèta lontana...

– Io ti lascio, Marino, a studiare – disse la voce del padre che avea taciuto sino allora.

– Buona sera, babbo – mormorò Marino.

– Vado anch'io a studiare, nella Specola, il mio cielo – disse sorridendo, ancora, il professore d'astronomia.

E Marino rimase solo.

Prima di rimettersi davanti al libro, grave di formule e di cifre, il futuro marinaio si fece ancora una volta al balcone. Il suo occhio nel buio, trovò subito, e s'indugiò sul caro cantuccio lontano. Il pensiero che anche là dentro, era entrata un'ombra di tristezza per una partenza violenta e cattiva, che una dolce creatura forse dolorava, in quel momento, gliela rese misteriosamente più cara. Il suo cuore si gonfiò di tenerezza. E volò con un palpito giù, giù, per i dorsi degli ulivi che dormivano, fin laggiù sul caro tetto, nella cara cameruccia sul caro cuore... La vita era dovere... ed anche amore!...

Accese la candela e ritornò al suo libro.

E la mente ripiombò tenace sull'intrico dei numeri e delle formule...

Ma una dolce improvvisa pressione sugli ómeri lo fe' voltare.

Era la mamma.

Avea posato le due sante braccia intorno al suo collo e la cara testa s'era reclinata accanto alle sue gote.

– Studia, Marino, e il Signore ti accompagni...

E avea soggiunto, sottovoce, ingenuamente, titubante nella sua viva materna sollecitudine:

– Ma non t'affaticar troppo... non ti stancare... è tutto il giorno che sei sui libri!...

Marino non rispose, ma afferrò la santa testa della mamma con ambe le mani, e la coperse di baci.

La chiesa dei marinai.


Veniva giù, da Ruta. Giunto allo svolto della strada che discende al paese, là ove essa fa un gomito deciso e scopre tutta la costa ed il mare, Marino si fermò.

Era l'ultima sera che passava a Camogli.

Poi due anni di mare e di vela!...

Marino alzò la testa bionda sul corpo forte, e respirò largamente l'aria del suo paese.

Era piena d'odor d'acacia e di rose, per le ville vicine, tutte in fiore. Ma, in fondo, poi, sempre il sottile salino del mare...

E Marino riprese la discesa, verso Camogli.

Sulla piazza del teatro qualcuno che conosceva gli passò dinanzi.

– To', Cecchino Forti – disse.

E lo chiamò.

Il giovane Forti si voltò.

– Marino, sei tu?

– Parto domani...

– Hai trovato l'imbarco, dunque?...

– Sulla Caterina Accame, barca di vecchi lupi. Sono contento.

– Quando vai via?...

– Domani mattina, alle quattro. Parto da Genova.

– Bene. – Cecchino non disse altro. Guardava in alto i fiori degli alberi, nel viale.

Era sempre lo stesso Cecchino d'un giorno, quello delle partite fanciullesche di pesca ai granci e ai ricci. Pallido, segaligno, poco forte: assai elegante, ora, nel vestito. Del resto poco espansivo, taciturno, pensieroso sempre.

Ora però sembrava soddisfatto.

– E tu? – domandò Marino – l'hai presa la laurea, a Genova?

– Non ancora – rispose il giovane – ma forse.... non la prenderò più.

– Perchè ?

– Perchè – rispose ridendo il giovane Forti – perchè non ho più voglia di studiare... O meglio – riprese – a te lo posso dire, che mi sei vecchio amico: perchè il medico me l'ha proibito. – Non lo dire a nessuno! Tu sai bene che non sono mica un leone di salute come te.

– Ah! – esclamò Marino, guardandolo con sollecitudine – dovresti fare anche tu un viaggio di mare... Partiamo assieme? – finì ridendo.

Cecchino lo guardò.

– Oh no, non posso.

– Perchè?

– Non posso, t'ho detto.

– Sei libero, e... ricco! – mormorò Marino. – Potresti fare un viaggio da signore.

– Oh no! non posso muovermi da Camogli, ormai.

E sebbene parlassero celiando, la sua voce tradì un lieve imbarazzo.

Poichè erano giunti quasi in fondo al paese, Cecchino si fermò.

– Dove vai tu, ora? – domando a Marino.

– Scendo abbasso, verso la chiesa.

Cecchino disse:

– Io resto quassù... devo veder qualcuno.

Voleva rimaner solo. Marino lo capì. Cecchino era un poco impappinato, lo si vedeva!

E gli dette la mano:

– Ci rivedremo prima della partenza, non è vero?

– Sì, ci rivedremo.

E si lasciarono.

Marino prese per una delle viuzze a scala che conducono a basso, nella parte della cittadina che è sul mare.

***

È là ch'è la Chiesa, forte sullo scoglio ov'è piantata, battuta dalle onde. Ne' giorni di collera il mare batte fin sui finestroni e la fa tutta echeggiare della sua voce. È una chiesa di marinai, piena di voti ingenui e tragici, che fremono ancora dei drammi marini che vogliono ricordare: tormente strane e lunghe, bufere e naufragi. Mille sogni e storie secolari di marinaio riposan là dentro, tra quelle mure quiete ove parla solo la voce di Dio e del mare. E sono pesche miracolose e ancoraggi difficili, orrende tempeste e viaggi avventurosi in lontani paesi di sogno, dolci ritorni a casa, la barca carica di dovizie, e attese mortali, senza fine, per barche mai più tornate, svanite laggiù, lontano, in alto mare, nella gran conca che non parla, che non fa più saper nulla... Ne' giorni di chiarità serena la campanella della chiesa dei marinai si spande giojosa sul mare azzurro per richiamar i pescatori, e saluta i vapori che passano al largo, neri e ansanti.

Era vicino a finir vespro.

Sulla piazzetta del porto gli uomini in crocchi aspettavano le signore che uscissero dalla chiesa.

15

Suonava la campana: una barca si staccava carica dallo scalo della piazzetta; partiva per la pesca della notte. Dalla parte di Genova salivano dei vapori viola. Si sentì il rombo dell'organo, dalla chiesa...

Le signore uscivano.

Marino aspettava, con lieve palpito. Ella usciva sempre tra le ultime, perchè la vecchia signora Paoletti aveva in uggia la folla. N'aveva conosciuta fin troppo, forse, laggiù in America!

Eccola.

Veniva avanti con la madre. Un poco pallida. Gli occhi belli lo scorsero subito. Ora gli passava davanti... Marino salutò. La signorina Maria chinò il capo, mentre la signora Paoletti aguzzava gli occhi miopi, per riconoscere chi aveva salutato... La signorina Maria le dovette dire. E una fiamma rosea le accese un momento il volto pallido. Ecco, era già in fondo alla piazzetta. Stava per isvoltare. Ancora uno sguardo, rapido. Era passata!...

Marino trasse il respiro, forte. I vapori viola, da Genova, avanzavano. Il cielo n'era in parte coperto. La campana suonava ancora. Diciotto mesi!... quanti giorni, quante cose! E così lontano!... Chi sa? chi sa? Un fiotto al cuore, una scrollata di testa, uno sguardo al cielo che si facea nero. E basta. E Marino si mosse.

Sul principio della viuzza egli scorse di nuovo Cecchino. Guardava in su. Ma era tanto astratto e preoccupato che, lui, non lo scorse neppure.

Marino sorrise.

Ah! ecco la gran ragione del suo imbarazzo di poc'anzi. Se voleva restar solo!... Era chiaro. Anche lui aspettava qualcosa dalla Chiesa...

E Marino sorrise ancora.

S'avviò solo, su pel viale degli alberi, ch'è in alto della cittadina.

Sulla piazzetta del colonnello Schiaffino egli si fermò. I sedili di ferro che l'attorniano eran pieni di vecchi lupi di mare dal bianco pelo, che si godevano in pace il meritato riposo, guadagnato attraverso mille tempeste e mille traversie... Uno di essi lo chiamò. Era padron Traverso: un lupo autentico. Vicino ai cento anni!...

– Dunque domani si fa vela, eh, ragazzotto?...

Marino si sedette accanto a lui.

Davanti, un poco in alto, sulla collina, tra gli ulivi e le rose, rideva la torretta bianca della villa del signor Paoletti.

Un bel sogno.

Capitan Giaume abbassò la pipa e sorrise:

– Santa debolezza!

– Perchè?

– Il lupacchiotto che ritorna alla tana, per la prima volta!

Non era solo a correre innanzi, con il cuore, lietamente.

E Marino lo lasciò dire, questa volta.

Anche la Caterina Accame pareva aver sentito le acque natie, poichè, si slanciava innanzi, come un cavallo di razza, sull'acqua di velluto, cheta come l'olio.

La costa azzurra s'andava sollevando dal mare, laggiù davanti. Erano le cinque del mattino.

Marino prese la sua pipa, s'andò a distendere lungo a prua, e restò così, a guardar con gli occhi e col cuore innanzi a lui.

E l'acqua si rompeva sotto di lui chetamente: parea scherzar con le sue lievi carezze contro i fianchi della barca. E a Marino, che formava un corpo solo con essa, parea d'esser lui, con la sua forza vitale e con la sua passione, che la faceva filare, diritta e snella, nell'acqua chiara.

La costa azzurra s'alzava sempre, nell'aria bionda di sole mattutino:

...Quanto tempo! quante giornate! e quante cose nuove, forse, laggiú?... A Cartagena dove la Caterina aveva caricato aveva trovato le ultime lettere del babbo e della mamma: stavano bene e lo aspettavano, a braccia aperte. Ma degli altri nessuna notizia!... Che novità, dunque, riserbava al reduce del mare il suo cantuccio azzurro?...

Era stato un bel viaggio. Avevano toccato quasi tutti i porti di Levante, come i buoni marinai genovesi classici dei tempi famosi. Ne aveva veduto delle coste e aveva avuto agio di lavorarci alle vele della Caterina!... Capitan Giaume era stato un buon maestro. Sfido! con trent'anni e più di vela sulle spalle color di terracotta ! E, nei momenti di buonaccia, pieno di storielle, di memorie e di fantasie. Bei giorni! tutto sole! E carezze di brezza piena di sale, di quello buono, che fa il respiro doppio. E le notti! la pipa accesa, il buio intorno, il mare sotto che cantava, le vele che sbattevano sulla testa, senza vederle, e in alto la conca nera, piena di fari ardenti che il Signore accende pei poveri marinai perduti nell'immensità delle acque! Era allora che si pensava al paese – si rivedeva il caro volto della mamma e si risentiva la voce del babbo. E poi, quel tale pensiero lontano, che faceva sussultare il cuore, come una molla che si sgomitolasse all'improvviso!... Qualche volta Gennaro, il mozzo napoletano, pigliava a cantare, nel buio, una canzone del suo paese, ed era il mare che l'accompagnava!... E allora, quel tale pensiero lontano si faceva più vivo, cocente quasi: il cuore batteva a martello, e perfino – nessuno vedeva, tanto! – gli occhi si inumidivano. E si sforzava a tirar con la pipa, che nel buio mandava la vampa, e sbuffava come una ciminiera!...

Ma che razza di furia avea preso, dunque, ora, la Caterina?...

Scappava via come una saetta!...

La costa azzurra s'era disbrogliata dalle nebbie che l'avvolgevano ed appariva alta e nitida al sole deciso. Quella in fuori era la punta di Portofino, che s'avanzava nel sereno. Genova, a ponente, si vedeva bene: una lunga macchia biancastra che saliva su pel monte. Quella colonnina bruna laggiù era la lanterna! E là, invisibile, nascosto nel cantuccio d'ombra, dietro il Promontorio, era Camogli: tutto lui, tutto il suo cuore. In quel momento, certo, i suoi cari erano già svegli, all'erta... Il povero babbo su, alla Specola, al cannocchiale, a ispezionar la distesa luminosa, cercando di scoprir la bianca nota vela, ch'or a lui dondolava mansueta sulla testa... Caro babbo!

La costa gli correva incontro.

Oh, lassù, le casette di Ruta! una macchia rossa vivida: l'albergo del Belvedere. Marino corse giù con l'occhio, ansante di scorgere, di vedere. La torretta del babbo – come piccina! E, ancora, più in basso, un'altra torretta, bianca anch'essa... tanto lontana anch'essa!...

Un nuovo fremito, un nuovo sussulto.

La Caterina aveva aperto tutte le ali. Scivolava come un bell'alcione robusto, sfiorando appena il velluto azzurro che si apriva come un manto, davanti al suo rostro.

Fra poche ore, fra pochi momenti! Marino chiuse un poco gli occhi. Vide il lancio della madre, gli occhi umidi del caro babbo; e poi, dopo, più tardi, nelle vie fiorite della sua Camogli...

Uno scossone, uno sbruffo, e su in piedi.

La costa ormai s'era fatta gigante e si distingueva tutta, nitida, nell'azzurro smagliante.

E la sua vela lo chiamava....

***

E tre giorni dopo, appena arrivato...

Le otto barche, pavesate a gran festa, con la gala dei lampioncini già accesi, sebbene qualche barlume rosso ancor guizzasse a palpiti nelle lunghe ondate larghe, furon prese d'assalto. Prima i giovinotti rematori, i quali avean fatto a gara per conquistarsi il posto, poi le signore.

Sette barche eran già colme, zeppe, e Marino già cominciava a disperare. Ma la signorina Maria era stata lesta, avea presa la corsa e s'era diretta verso l'ultima ove Marino le aveva fatto largo. C'era giusto il posto per loro tre; lei, il signor Paoletti e Marino. Ecco fatto, erano al sicuro. Sulla banchina la folla dei rimasti facea voci e gesti di scontento. Erano restati tutti a terra! Marino scorse fra i reietti Cecchino, il povero Cecchino Forti che avea il muso lungo e tirava affannosamente a cercare se nella barca c'era ancora un posticino per lui – occupava sì poco posto, lui! pareva dire,

Marino ridendo lo apostrofò.

– Cecchino! chi tardi arriva...

Ma Cecchino s'era imbronciato sul serio.

– A momenti arrivano le altre barche! ce ne sarà per tutti!...

La folla dei rimasti a terra parve consolarsi. Solo Cecchino era rimasto duro. Non si rassegnava, lui.

Le otto barche cominciarono a lavorar di remi.

– Urrà! si parte.

Filò la prima, agile, poi la seconda, poi la terza... S'andava a Portofino, dove c'era la festa e la luminaria. La barca di Marino chiudeva il corteo. Il mare s'era fatto nero: gli ultimi barlumi rosei eran morti del tutto. Laggiù all'orizzonte s'era levata una bruma fitta che avea soffocata ogni luce. I lampioncini alla veneziana si riflettevano nell'onda buia: la prima barca aveva acceso ancora una gran torcia a vento, e siccome in quella v'era chi s'avea portato la chitarra e i mandolini, veniva da là un ronzìo di musica e di voci. A fianco, alto, angoloso, colossale, tutto fessi s'alzava il gran dirupo del Promontorio che cadeva sino al mare, sgretolandosi in cento piccoli frantumi assai pericolosi alle chiglie inesperte.

Marino taceva. Era vicino a lei. Finalmente! Dopo quasi due anni. N'eran passate delle ore (di sole, di nebbie, di luce, di buio!) prima che arrivasse quel beato momento. Egli sentiva una ridda nel cuore che pareva gli dovesse scappar via da un momento all'altro. Essa era lì, accanto a lui! Ed era proprio vero: sentiva il tepore della sua veste bianca, urtava il suo gomito, le piccole ciocche dei suoi capelli gli sfioravan, con la brezza, il viso. Che bel sogno! In certi momenti gli pareva perfin impossibile. Era troppo naturale, la cosa!... Anch'ella era agitata. Si vedeva. Ogni tanto lo guardava, di sfuggita. Era pallida. Il signor Paoletti parlava forte con gli altri. Aveva acceso il sigaro come tutti gli altri e pareva matto della gita notturna. La figliuola taceva. Marino poi... avrebbe voluto parlare, ridere, gridare, ma aveva un groppo alla gola... o forse, al cuore! E pensare che sentiva dentro un mondo di cose da dirle. Le aveva pensate tanto, nelle lunghe ore di meriggio al sole, mentre la barca si cullava cheta, piena di sonno anche essa – o, su nell'azzurro, fra le sartie, mentre il vento gli zuffolava alle orecchie e il mare liscio gli ballava intorno! ... Ah, quelle parole sognate, baciate, accarezzate con la mente e col cuore, nei lunghi sogni a occhi aperti del marinaio in vedetta, adesso eran tutte svanite, scomparse, naufragate in quell'onda nera su cui filava silenziosa la barca che portava il suo grande amore e tutta la sua vita. Ma essa era lì, accanto a lui, ne sentiva il tepore del bianco vestito...

– Signorina Maria.

Ella volse la testa a lui.

Nulla. La voce affogata non voleva uscire. Un batter precipitoso del cuore; uno stordimento al capo; gli parve di mancare...

Essa doveva aver compreso. I suoi occhi dolcissimi, non lo abbandonavano. Forse in quegli occhi v'era una carezza. Dio, come era bella!

– Signorina Maria... quante volte... quante volte... in mezzo al mare... ho sognato... come adesso... come adesso!...

Le parole non avean quasi nesso, ma non importava. Ella capiva lo stesso. Tremava un poco, così, nella vitina snella, tutta bianca nella notte. Il signor Paoletti parlava forte, sempre, con gli altri. Egli le prese una mano, nell'ombra. La barca ebbe un lieve beccheggio. A Marino parve inabissare. Quanto era felice! Ah! morire così, sprofondare così, per sempre, con quella manina fra le sue e tanta dolcezza nel cuore! Ah! sparire, sprofondare, morire in quel mare, nero! Che importava ormai più tutto il resto? La signorina Maria era lì, al suo fianco, un poco agitata, la cara manina nella sua, calda e tremante; i suoi capelli sfioravano il suo viso, la sua anima era nella sua, tutta nella sua... che importava il resto? che importava?...

Il grosso dirupo del Promontorio sfilava rapidamente davanti, nella notte. Ora là, fra le rocce brulle, nel buio, s'intravvedeva, meglio s'indovinava, San Fruttuoso, il povero paesello marinaro sperduto fra gli scogli, separato dal mondo, squassato dalle ondate, senza altra strada per arrivarvi che quella del mare...

Ancora due colpi dì braccia, e la punta del Capo era doppiata. S'entrava ora nella piccola baia di Portofino. Un chiarore diffuso veniva dalla costa. Il piccolo seno che lambe le case, rifletteva i lampioncini a colori. La chiesa, più in alto, era tutta verde di luce. Perfino la gran palma storica ch'è davanti alla chiesina era visibile per le luci che brillavano fra le sue foglie. Venivano i suoni e i canti.

Un urrà dei naviganti salutò la festa. La barca di Marino drizzò la prua... Si arrivava. Il sogno finiva. Finiva il bel sogno, ma che importava? Marino benediceva l'ora, il mare, la festa di Portofino, la luminaria multicolore e la barca che si dondolava, annuente anch'essa, come tutto in quel momento, al suo grande amore.

Discorsi seri.

Il signor Paoletti, nella penombra grigia del salottino, si accomodò bene nella capace poltrona che si capiva aver l'onore di accoglierlo esclusivamente, e, per una vecchia abitudine, dacchè era riuscito ad entrar nel mondo della quiete e del riposo, trasse un respiro di soddisfazione.

Cavò quindi un enorme portasigari d'argento cesellato e offrì delle sigarette egiziane a Marino.

Quindi dopo averlo un momento scrutato, da capo a piedi, così cominciò a parlare:

– Mio caro giovanotto... ho detto a suo padre che la risposta a... quanto egli mi ha fatto sapere, era mio desiderio darla a Lei in persona. Ah, il suo papà, caro signor Marino! che uomo! è un angiolo, creda a me.

– È vero – rispose Marino intenerito.

– Ne abbia di conto, sa? non gli dia dispiaceri! lei è giovane ora; ne incontrerà degli uomini, vedrà. Ma uno come quello lì! Me lo saprà dire. Sono tanti anni che lo conosco, da che sian ritornati da lassù, lo sa? ... ebbene, la prima impressione su di lui non ha fatto ancora una grinza! E guardi che di uomini ne ho conosciuto anch'io la mia parte, sa? oh, se n'ho conosciuti!

Il signor Paoletti pareva sinceramente commosso pensando al buon professore d'astronomia.

– Basta – concluse – veniamo al gran fatto. E, prima di tutto, l'avverto che io parlo chiaro, molto chiaro. Cosa vuole? non per nulla si batton trent'anni di quelli che ho battuto io. Forse lei ne saprà qualcosa. Breve. Lei ha un'inclinazione... viva, sincera, capisco, per mia figlia. Lei vorrebbe realizzare, dirò così, questa sua inclinazione...

Marino attese trepidante. Il cuore gli batteva a martello.

– Ebbene, con la piú sincera franchezza che le ho detto, le rispondo subito che non è cosa.

Il signor Paoletti si fermò, per lasciar passare la prima impressione della folgore.

Marino non diceva nulla. Taceva, immobile. Forse, per un attimo, il suo cuore aveva cessato di battere?

– Ragioniamo un poco – riprese il signor Paoletti, per la prima volta assai grave in volto, da tanto tempo. – Io conosco molte più cose che lei non sa. Prima perchè ho sessant'anni... ma questo non vorrebbe dir nulla perchè non basta l'età. È la vita che insegna! E a me, lo creda, ha insegnato molte, molte cose. Vedrà, un giorno, se ho ragione. Perciò mi ascolti... Oggi forse mi dirà cattivo, duro di cuore, egoista. Un giorno, forse, chissà?... ripenserà alle mie parole. È fatta così la vita, lo creda!

Il signor Paoletti ripigliò:

– Lei è un bravo giovane, forte, sano e anche bello – oh, mi lasci dire! se di uomini buoni come suo padre ve ne son pochi, di giovanotti belli come lei non ne abbiamo troppi. E lei ne deve saper pure qualcosa! Ella dunque vede tutto sole e azzurro. Per diciotto mesi ha sognato ad occhi aperti in pieno oceano. Ha un cuore di marinaio largo così! Si capisce che un paio di occhi neri faccian presto a ficcarvisi dentro. E la po' po' di paglia che v'è in serbo fa subito una gran fiammata...

– Lei non sa... – mormorò Marino.

– So, so, mi lasci dire. Ma la vita non è fatta di solo azzurro, di solo mare, di soli occhi neri, di sole fiammate! E sopra tutto non è fatta di sogni! Lo lasci dire a me che me ne intendo. A vent'anni non si vede che il sole... a sessanta si è veduto qualcos'altro ancora! Mia figlia non è fatta per lei, glielo dico io. Vuol dire che lo so bene, mi pare.

– Ma perchè? ma perchè? – mormorò Marino.

– Santo Dio! non me lo stia ancora a domandare! dovrebbe capirlo. Del resto sono sicuro che lo capisce. Oh, non si stia a disperare, caro signor Marino! sono cose che passano. Anch'io ho avuto vent'anni, come lei... e non era, purtroppo, come lei.

Marino taceva. Una grande calma l'aveva preso, ormai. Che giovava, del resto? dire, parlare, far sapere... aprire il cuore... Egli ascoltava, rassegnato.

– Le voglio un po' dire, perchè lei sappia. Ero molto più giovane di lei, un ragazzetto, quando è cominciata la vita per me. Ed è cominciata vendendo acquavite, laggiù nelle faziende! Si figuri, dunque. E ho fatto di tutto. E, creda, ho anche sofferto di tutto. Perciò ho diritto di parlare, io. Non crede?...

Il signor Paoletti attese alquanto una risposta che non venne. Che importava? che importava? ... Marino teneva la testa bassa, come se dormisse. Veniva da fuori del balcone socchiuso il murmure della ramaglia del giardino, nell'ora ardente del sole, e Marino ascoltava, senza pensiero, trasognato.

– C'è chi mi odia, ora, perchè ho dei milioni. Capirà, lei, che non mi vergogno de' miei milioni di adesso, come non mi vergognavo quando, senza scarpe, passavo le giornate a lavorare per le strade d'America! E quel ragazzaccio di mio figlio che credeva di fare il Michelaccio quaggiù, perchè suo padre in altri tempi ha piegata la schiena, lo sa cosa ne ho fatto?... l'ho mandato laggiù, in America, come me, a imparare a vivere!

Un breve silenzio regnò nella saletta. Poi il signor Paoletti mormorò come tra sè:

– Sono giorni lontani, quelli, ormai. Mi parevano orribili, allora. Eppure adesso... ripensandoli, non so, li vedo vestiti di qualcosa di bello che prima non capivo! Avviene così sempre. Ciò che ci è sembrato dolore, un giorno diventa poi quasi una dolcezza, una poesia! e que' momenti neri si ricordan con più amore che le allegrezze! Chi sa perchè!...

Fissò alquanto il giovane, pensoso, poi disse:

– Ora che le ho detto molto, ascolti ancora questo. È la conclusione. Ed è brutale, lo so, ma tant'è! Mia figlia... è troppo ricca per lei. So quel che dico. E non mi domandi altro.

Tacque un poco e riprese:

– E poi sappia un'altra cosa... Essa non è più neppur libera, ormai.

Marino alzò il capo.

– Non lo sa ancora nessuno. A lei lo dico, pel primo. Vede se le ho confidenza! Essa da ieri è... promessa.

– Promessa?... – egli balbettò.

– Sì... ad un giovane che anche lei ben conosce. Il figlio del signor Forti.

– Cecchino? – mormorò Marino.

– Cecchino Forti, sicuro. Un bravo giovane. E... molto ricco. Come essa. Oh – proseguì con un sospiro – non è troppo bello, no. Non ha nulla da fare con lei, signor Marino, su questo non c'è dubbio – e si fermò un momento a guardarlo da capo a piedi, come a dire: peccato! – Ma che vuole? È fatta così la vita.

– Cecchino – mormorò ancora Marino.

– Su via, non si stia ad appassionare. Prenda la cosa con ispirito. Ha vent'anni, lei! ed è uomo di mare! E si ricordi le mie parole. Un giorno ripensando a questi momenti li troverà pieni di dolcezza, più belli, direi, di tanti altri che le saran sembrati stupendi. Un giorno, lontano, dico, rivangando nel suo passato, troverà un bell'ideale che è rimasto tale, che non è svanito, come tutto il resto, nella gran fogna della realtà, E, creda a me, che non sono poi mai stato un gran sentimentale: vale più un bell'ideale non imputridito nel cuore, che cento milioni di realtà!...

S'era buttato a sedere su quel sedile, stracco morto, dopo il lungo errare vagabondo nella notte. Prima d'uscire il padre l'avea guardato con occhio inquieto. – Vado a passare la serata a Nervi, tanto mi svago un po'. – Il padre aveva annuito, sempre inquieto, però. Invece egli avea vagato, così, tutta la sera, tutta la notte, prima sul mare finchè esso avea rombato nel lume di rosa, poi quando il nero era disceso, lungo la strada che reca a Genova, tra il mare e gli ulivi. E finalmente ora, stracco morto, era venuto a piombar lì su quel sedile a fianco di Schiaffino, bianco nel suo marmo, con la spada d'eroe levata. Un marinaro, anche lui, morto felice per un grande ideale!

Ed era rimasto immobile, aspirando l'odor della notte e guardando i giuochi della luna tra le rame degli alberi, sopra la sua testa. Tutto taceva intorno. Camogli dormiva tranquilla, dopo la giornata marinara di lavoro.

Una viuzza scendeva scura, sino al mare; in fondo era un lampione che ardeva; si sentiva il fiotto tranquillo delle acque invisibili nell'ombra.

Tutto finiva, dunque! Marino alzò il capo; l'occhio frugò sulla collina, tra gli ulivi, sul noto cantuccio. La villa Paoletti spiccava quieta, tutta bianca di luna, tra gli alberi immoti. Dormiva Maria in quel momento?... Nulla sapeva? nulla sentiva?... Non un solo atomo di quel grande spasimo volava a lei, dunque! Non una stilla di quel grande dolore le lambiva il cuore?... Maria! Egli sentiva un vuoto immenso. L'odor della notte chiara sapea di morte. Come l'aveva amata! Come l'amava!... Chiuse gli occhi e la ripensò. Giovinettina, la veste corta, il gran cappello sul visuccio bianco, gli occhi sfolgoranti. E ridente! Un fiore. Poi ancora, alta, snella, uno stelo, bianca bianca nel viso appassionato, gli occhi neri pieni di luce e di mistero. Ella scendeva per le vie della cittadina col suo passo breve, accanto alla madre, e il suo cuore la seguiva. E gli anni passavano ed ella cresceva gigante nel suo cuore. In mare, le lunghe ore di sogno, fra i due azzurri e lei nel mezzo! Nelle ore fastidiose di caldura, disteso sul ponte in una dormiveglia noiosa, bastava quel pensiero lontano, ridente, e tutto intorno si riempiva di gaiezza e di soavità. Nelle tormente, agganciato su per l'albero, sotto la vela che si scontorceva come un uccellaccio infuriato, sotto la pioggia fitta e le raffiche salmastre bastava un nome: – Maria! – e tutto pareva lieve, facile, semplice a domare, e si rideva della raffica e degli schiaffi salati del mare in collera.

Ebbene, a che avea giovato tuttociò? Tante belle cose, tanti bei pensieri!

Le parole del signor Paoletti gli rimbombavano all'orecchio, come il rumore di certi suoni nella febbre – «Mia figlia è troppo... ricca per lei!» Curioso! Egli, povero marinaio stordito, ubbriacato di sole, non ci aveva mai pensato troppo a questa terribile ricchezza!

E perciò ella era adesso di Cecchino Forti! Lui era ricco. E sarebbe stato lui a baciare quel visuccio di madonnina, a serrare quelle manine belle che lui aveva sognate, in pieno mare. Cecchino! Ora comprendeva tutto! ora si rischiaravan tante piccole cose che non aveva afferrato pel passato. Perchè attendeva sempre all'uscita della chiesa. E il suo imbarazzo, quando gli parlava. E lo stabilirsi a Camogli, l'abbandono degli studi... E il suo corruccio, quella sera della festa, a non poter entrar nella barca ov'era lei... Ora comprendeva, ora vedeva tutto chiaro. – Cecchino Forti! Chi l'avrebbe mai detto! Com'è fatta la vita!... Come si paga amaramente un momento di ebbrezza! «La vita è dovere», soleva dirgli suo padre. «Ed amore», aveva aggiunto sino allora il suo cuore. «E dolore», finiva adesso la sua giovane anima ferita.

Da una delle case della piazzetta veniva, velato, un pianto di bimbo, stridulo, angoscioso. Quel pianto lo prendeva tutto, con un acre fastidio sottile, insopportabile. Avrebbe dato qualunque cosa per farlo cessare. A lui pareva qualche cosa di più che un lamento di bimbo: era il pianto di tutta l'umanità che geme, spasima, in un dolore amaro, continuo e forse inutile. V'è la notte piena, di luna, il mare che sussurra e ride, v'è l'amore e i fiori – ma sotto ad essi, sotto a tutto, sempre, è il pianto; il pianto lungo, infinito, acre e fastidioso. – È fatta così la vita! – (Era una delle frasi preferite dal signor Paoletti). Il pianto del bimbo invisibile continuava sempre, inesorabile; veniva dalla notte di luna, dal silenzio pieno di fruscii misteriosi di alberi, dalle case, dalla cittadina silente che dormiva dopo la sua giornata di sole e di lavoro; veniva dal mare che non posa mai, veniva dalle cose tutte.

Marino s'alzò di scatto, sollevò le braccia, con uno slancio vano, per acchetarlo con la passione della sua volontà, per farlo cessare... Ma il pianto continuò più stridulo ed angoscioso.

E Marino si lasciò ricader sopra il sedile, vinto, affranto, preso anche lui, ormai, da quel pianto universale, che tutto assorbiva, tutto vinceva.

Ma non fu per molto.

Tutto quel che di sano, di forte e di ribelle era in fondo al suo intimo parve risalire a galla nell'acqua torbida di quel suo primo sconforto appassionato dei vent'anni. Ebbe la visione del suo mare, ampio e quieto, là sotto la luce lunare: e pensò, perdio, ch'era capitano, ormai! Tutta su quel mare sarebbe corsa ormai la sua vita: nuovi tramonti, nuove albe, e tormente e bonacce, e fortunali ed avventure! Cento altre donne avrebbe amato in cento terre diverse, e la vita del marinaio doveva cominciare per lui da domani stesso! E, come aveva ben detto quel caro signor Paoletti della sua Maria, egli aveva messo in serbo nel cuore un bell'ideale irrealizzato: e, che quindi non sarebbe mai imputridito: e, come tutti i vecchi marinai, avrebbe avuto un giorno la sua brava storia romantica da raccontare nelle sere di risacca e di luna, ai suoi giovanotti di bordo, sul ponte del veliero, tirando le enormi boccate dalla grossa sua pipa di capitano navigato.

Da tre ore Salviano, disteso sulla sabbia del Promontorio, guardava il mare.

Era il mare torvo, pieno di voci minacciose e di ondate livide, delle giornate di cattivo umore. Un'aspra brezza, acutamente salina, sbatteva in volto a Salviano, scompigliandogli i rudi capelli biondastri. Alte e rabbiose le ondate venivano a schiaffeggiare la Rupe del Promontorio cadente a piombo nel mare, sciogliendosi dopo l'inutile assalto in minutissima spuma che scintillava al sole.

E il ragazzo guardava, a sè davanti, il mare.

Lontano, sull'orizzonte, una fascia verde tagliava nettamente l'acqua color del piombo, tutta agitata e fremente, qua e là biancheggiante. Da lassù, da quella suprema punta del Promontorio – ch'era un grosso e inaccessibile scoglio, tutto picchi aguzzi e macigni accatastati, salienti su su, come mostruosi gradini, sino alla Rupe che ne è l'estremo culmine – di lassù solea Salviano dominare tutta l'irrequietissima massa di acqua spumeggiante.

Non una vela appariva sul verdastro piano. Così pure non una nube aveva il cielo, azzurrissimo. Solo due gabbiani – ch'or apparivano lontanissimi or vicino – si rincorreano sulle ondate, aperte le larghe ali tese, spruzzantesi sulle creste di spuma.

Salviano non dava un moto.

Egli era un bel ragazzo quindicenne, molto forte. Le braccia e le gambe che or si vedevan nude nel naturale abbandono del riposo avean ricevuto il bacio delle onde, il bacio caro ai figliuoli del mare. Il capo scoperto, dai capelli già per natura biondastri ed ora arsi dal sale marino e fatti color del rame, non temeva il sole ancor ardente del settembre, che avvolgevalo tutto, in quel momento, della sua fulgente carezza.

Egli avea portato lassù la rete, per iscusare o fors'anche, piuttosto, per celare il lungo suo ozio di quelle ore, Ma la rete giacea, ora, dimenticata, sulla sabbia.

Un granchiolino dalla bruna pelle rugosa e da' vividi occhietti eravi restato prigione: e con le industriose zampette frementi cercava aprirsi una via fra le tenaci maglie colore della ruggine.

Ma Salviano non badava a l'animaluzzo. Parea dormire, tanto egli era immoto...

I suoi occhi verdi fissavan il mare e, come quel mare agitatissimo, parean inquieti e tempestosi, in quel momento.

Ma ad un tratto, nel quieto momento di silenzio tra l'uno e l'altro furioso scoppio delle ondate incalzanti il Promontorio, si fe' strada una voce lontana che riuscì a colpire l'orecchio de l'inerte pescatore:

– Salviano! Salviano!

Ed era una giovane voce quella che chiamava; una giovane voce di donna: e veniva da basso, verso terra, da' piedi della scogliera.

Salviano si sollevò sul gomito e porse attento l'orecchio.

– Salviano! Salviano!

Una lieve vampa colorì il volto del giovane pescatore. Stette un poco perplesso, indeciso... ma si lasciò bentosto nuovamente cadere nel supino atto di prima. E, ritornò immoto e silente.

La giovine voce femminea intanto, da terra, seguitava a chiamare.

Era una bella fanciulla, quasi una bimba ancora, flessibile ne le membra, e bionda; piccola e nervosa, e, come Salviano, baciata anch'essa dal mare.

Ella appariva raggiante.

Corse a Salviano e gli disse fremente di allegrezza:

– Ma vieni una volta. Salviano! Non sai? è arrivato, Betto. È venuto, finalmente! E ha cercato subito di te.

Salviano la guardò, come stupito, poi disse:

– Ah sì? Betto?

– Sicuro.

Ma siccome Salviano non parea ancor deciso a muoversi, la fanciulla spinse il forte ragazzo, incalzandolo:

– Ma vieni una volta, vieni!

E saltellante e sguisciando, di masso in masso, su gli scogli erti e diruti, ella s'avviò avanti.

Salviano la seguì: lento, svogliato, indugiando.

La fanciulla intanto, mentre andava, diceva, con lievi scoppi di risa che le tremavan ne la voce, e tanto allegra che non si accorgeva affatto della grande musoneria del ragazzone:

– Come si è fatto alto e robusto, vedessi! Non lo si riconosce più. È bruno, poi! È quasi nero, ti dico, Salviano. Egli ha detto che è il mare, lassù, dell'Oceano!...

E a un tratto, seria, si fermò per dire a Salviano:

– E sentirai come parla.

Poi, saltellante, ebbra di gioia, proseguì la via, verso la costa, così agile e sicura sulle creste dirute e scabrose, ferma sui suoi piedini amici de' ciottoli della scogliera...

Salviano, silenzioso, la seguì.

Davanti alla capanna, ritto di fronte al mare, Betto appariva, alto, snello e nervoso.

Egli rideva, volto al padre, il vecchio Salvatore, che lo ammirava commosso.

La Teresa sulla porta della capanna non avea gli occhi asciutti e una lontana lugubre visione, forse, la visione di una barca capovolta in balìa delle onde ed un altra giovinezza (come quella ch'avea ora di fronte) ingoiata da quell'azzurra spianata ch'ora luceva davanti, le facea tremare il cuore in quel momento...

La Mina saltellò incontro al giovane ridendo:

– Betto, Betto, guarda!

E gli spinse incontro Salviano, ch'era restato indietro, intimidito.

Betto lo guardò un attimo poi si gettò nelle braccia del fratello.

– Salviano! come ti sei fatto alto! Se ti ho lasciato monelluccio così! ... Ma sei proprio tu?...

E lo guardava ancora stupito.

Betto era più alto di tutta la testa di Salviano, ma più sottile e molto bruno. Il suo bell'abito di marinaio era l'incanto della Mina e della Teresa, che lo facean voltare da tutte le parti per meglio ammirarlo,

Ed egli lasciava fare e rideva.

Avea sul braccio il rosso distintivo.

– Sempre vecchi amici del mare, no? – domandò egli a Salviano, ridendo, accennando l'ampia distesa verde che non s'era peranco acquetata.

– Oh! – e il forte ragazzo dette una lunga occhiata alle acque irrequiete.

– È la nostra famiglia il mare, vuoi dire, no? È vero. Ci siam nati su, noi. Ma me ne ha fatti passare dei brutti quarti d'ora quell'amico lì, sai?... Oh, sì. Ma... finisce per trattare da buon amico, in fondo, poi. Già, ci conosce.

E Betto rimase un momento a guardare in silenzio il suo mare, come ricordasse tante cose.

– Ne hai avuto delle tempeste, vero? – dimandò la Mina.

Betto si volse alla fanciulla, accarezzandole famigliarmente la gota.

– Bambina! si chiede questo ad un marinaio?

– Hai ragione, Betto: sono una sciocca.

– Sei un'adorabile cuginetta... e tanto bella, poi!

La Mina arrossì tutta schermendosi, mentre il vecchio Salvatore notava:

– Ti sei fatto signore nel parlare, Betto! adoperi certe parole aristocratiche...

– Davvero? Sapete... ho girato mezzo mondo!

– E quante ne avrai fatte, no, birbante?

Betto diede in una franca risata.

– Vi giuro, babbo...

– Va là, non giurare. Tanto non ti crediamo. Non è vero Mina?

Ma la Mina non rispose. Quel discorso evidentemente non le andava. Senza neppur immaginarlo il vecchio Salvatore aveva steso, con quelle innocenti parole, una lievissima nube sulla schietta sua felicità di quel momento.

Se ne accorse la Teresa, ch'era donna.

– Betto è un buon ragazzo – disse.

Ma Betto era già lontano.

Egli cercava Salviano, che si era accoccolato sulla riva, sino a farsi toccare i piedi dalla spuma biancheggiante.

– Oh, Salviano è un taciturno! – disse Salvatore.

– È vero, non pensa ad altro che al mare, lui – notò la Mina

– Ma, voi lo sapete: il sangue non falla! – esclamò Betto guardando con intenzione il padre.

Il vecchio pescatore sorrise di compiacenza.

– Che vuoi? noi nelle vene abbiamo acqua salsa insieme col sangue! – concluse egli.

E gettó un ciottolo nell'acqua verdastra che sprizzò all'intorno un'aureola di gocciole scintillanti.

***

La Mina avea diciassette anni.

Era bionda, minuta e all'aspetto gracilina ma forte e flessibile. Anch'essa avea, da' primi suoi anni, bevuta la forte brezza salina e le sue spicciole membra nervose s'eran rinvigorite al bacio de l'onda salsa. Non era una grande bellezza, quella piccola figlia del mare: ma i suoi occhi color, appunto, del mare calmo avean una dolcezza infinita.

Ella appariva più picciola e gracile quando era a fianco di Salvano, il forte ragazzo pescatore.

Il suo robusto fratello cugino la superava di tutta la testa ed era il doppio di lei....

Fratello cugino... così ella considerava Salviano, ma pur nulla avea ella veramente comune con lui. Giacchè la Mina non era la figliuola della Teresa, la seconda madre del giovane pescatore.

Una fredda notte del dicembre, mentre le ondate squassavano il Promontorio, qualcuno avea bussato alla porta del misero abituro della Teresa, la vedova di Andrea il pescatore; della povera Teresa ancora in lutto per la morte del suo unico figliuolo andato in una terribile notte di pesca e di tormenta a ritrovare il padre suo in fondo al mare rabbioso.

La Teresa, tutta spaurita, non sapendo chi potesse a quell'ora battere alla sua porta, era andata tremante ad aprire... Era don Piero, il buon curato del vicino paesello. Egli era entrato battendo i denti pel freddo, intirizzito e bagnato dalla diaccia acquerugiola che cadeva minuta. E avea posato sopra il letto della Teresa un bianco fardello. E avea detto:

– Presto del fuoco, Teresa.

Il buon prete tremava tutto dal freddo ma fors'anche da l'emozione. A stento riusciva a spicciar le parole da le labbra diacciate.

Il sant'uomo avea fatto sei lunghe miglia a piedi, sotto il vento gelato e la pioggerella sottile; era venuto così, dalla sua piccola cura alla capanna della Teresa.

Ed essa avea acceso il fuoco. Allora il buon prete avea aperto il bianco fardello, cautamente, e ne avea tratta una fantolina di pochi mesi. Dio, come piccina! Bionda, bianca, la boccuccia socchiusa, le manine sul petto, la piccina dormiva quietamente, calda e tranquilla nella grossa coperta di lana: ignara della tempesta e del gelo che avea dovuto superare.

– Gesù! – avea esclamato la Teresa. E china sul volto dell'angiolino dormente, stupita e commossa, alzava il volto verso il buon prete, non sapendo...

E il buon prete, vincendo alfine alla allegra fiammata l'assideramento che lo faceva ancora a tratti rabbrividire, così disse alla Teresa:

– Su, Teresa, il buon Dio vi manda un piccolo angelo al posto del vostro povero figliuolo ch'egli ha voluto con sè.

E, come se avesse parlato tra sè, continuò:

– Oh! nel mondo ci sono dei peccatori, dei peccatori terribili: la mano di Dio grava su di essi e noi non dobbiamo che pregare perchè ella non sia troppo severa su di essi. Ma le povere anime innocenti non debbono sopportare il fio delle colpe dei malvagi, ah no! A voi, Teresa, che siete una santa, io affido questa povera anima: ch'ella ignori sempre la sventura che gravò sull'istante in cui essa aprì gli occhi alla vita. Chi peccò è già stato punito da Dio. Sappiatelo, Teresa. Ora piange la sua colpa. Che nessuna di quelle sue lagrime ricada sopra quest'anima innocente e ignara!... Dio ha voluto scegliere me per tutelare questa povera creatura infelice... D'ora innanzi, Teresa, quest'angelo è vostro: voi sarete la sua mamma. Nessuno verrà mai a togliervelo.

La Teresa che si era inginocchiata mentre il buon prete parlava si chinò sulla sua mano bagnandogliela di lacrime.

– Due anime che vi hanno amato e che vi amano vi guardano da lassú, Teresa – disse ancora don Piero e sono contente di quest'innocente che viene a ricordarvi la dolcezza dell'amore di madre...

– Ed ora – concluse – bisogna ch'io vada. Prima dell'alba debbo essere di ritorno alla mia chiesa. Nessuno deve sapere mai nulla di quanto in questa notte terribile è avvenuto. Voi ed io siamo custodi di questo secreto... Terribile, Teresa, credete a me!...

Prima di andar via il buon prete si fermò ancora un momento:

– A proposito, buona Teresa... dimenticavo una cosa. La... – e si arrestò un istante quasi a cercare un altro nome da dare alla persona che volea nominare – la... povera madre di quest'angiolo che ormai è vostro, mi ha pregato di una grazia. La bambina si chiama Marina. Sappiatelo. Io stesso l'ho battezzata... Mi vedrete qualche volta e non vi mancherà mai nulla.

La buona 'Teresa baciò ancora una volta la mano al prete, piangendo, e don Piero uscì, affrontando di nuovo la notte buia e diaccia.

La piccina, rosea ora pel dolce calore della stanza, sul letto della Teresa, dormiva sempre: ignara della fiera tempesta in cui era passata la sua esile vita.

***

Così la piccola Marina era diventata la bella Mina: una bambinetta dolce e seria, dai begli occhi color del mare, che, nella sua picciola vita, aveva un solo grande amore la sua buona mamma Teresa, e un solo grande diletto: l'azzurro sconfinato del mare che veniva a lambirle i piedini sin sulla porta della capanna. Talvolta ella amava raccogliere pazientemente le belle conchiglie che la marea lasciava sulla sabbia scintillante di mille diamanti al sole. E allora in questo lavoro ella era aiutata da altri due ragazzetti: Betto e Salviano, i figli di Salvatore, il pescatore che avea la capanna a' piedi di quella grossa roccia dirupante in mare e che chiamavan il Promontorio.

Salvatore era rimasto vedovo con que' due fantolini sulle braccia: Betto, il più grande, un monello vispo e biricchino, sempre ne l'acqua salsa; Salviano il piccino, un bel bambinone pacifico, dai capelli biondastri e dai grandi occhi stupiti a guardare il mare ove si avventurava per lunghe giornate il padre.

La piccola Mina s'era fatta l'indivisibile compagna de' due ragazzetti del pescatore. Oh, il Promontorio ne avea ben vedute di corse e di giuochi; la vecchia roccia aspra e nera ne avea ben udite di vocette squillanti e giulive a' suoi piedi dirupati!...

Ed eran così graziosi que' cari diavoletti quando uniti folleggiavan sulle ghiaie lucenti della spiaggia, ed eran così contenti, nella loro tristezza e solitudine le due buone creature Teresa e Salvatore, di ammirarli così felici e ignari, che una volta il pescatore disse alla donna:

– Sentite, Teresa, non vedete come si vogliono bene queste povere creature? sembrano fratelli! Vogliamo farli felici? facciamoli fratelli davvero! Che ne dite Teresa?

La buona Teresa sorrise poi finì per dire:

– Pare anche a me che abbiate ragione, Salvatore.

E fu così che la Teresa sposò Salvatore e delle due capanne se ne fece una sola e la Mina e i ragazzetti vennero a formare una sola nidiata.

Ed erano cresciuti su insieme.

La piccola Mina s'era fatta una bella giovinetta seria e pensosa, da' begli occhi color del mare ove passava a volte un'ombra di melanconia: misteriosa coscienza, forse, per lei che nulla ne sapea, della grande tristezza de' suoi primissimi giorni. Essa credeva in buona fede Teresa sua mamma e tenerissimamente la amava. Ma nel suo piccolo cuore, nella sua mente di giovinetta, qualcosa si apriva che non era di que' poveri pescatori: in quel soave fiorellino sbocciante in quella goccia di azzurro, qualcosa sorgeva che ne diceva la fine razza dalla quale ella inconscia veniva. Erano in lei vaghi sentimenti indecisi: rimaneva a lungo a guardar il mare azzurro e sognava... Una misteriosa tenerezza le facea gruppo nel cuore: un'infinita dolcezza per qualcosa che vagamente desiderava, senza saper che fosse, la colmava di un sottile soavissimo sgomento... Ella, ignaro frutto dell'amore, sentiva in sè fremere ed anelare misteriosamente il piccioletto iddio che forse era stato la sventura de' suoi, ignoti e sperduti per lei. E i suoi occhi, in que' fuggevoli momenti di indefinito languore, s'empievan di luce e si posavan sul mare dove spesso, guizzavan, agili e bruni, le membra de' giovanetti suoi compagni, Betto e Salviano...

Betto specialmente. Egli s'era fatto alto, snello e vigoroso, Il suo agile corpo bruno avea i guizzi delle anguille e dei cefali, nell'onda azzurra. Egli era bello: e lo sguardo della Mina si posava con inconscia tenerezza su di lui quando le era a lato, o quando nella barca del padre remava con forza, per prendere il largo, nella bianca luce dell'alba, quando il vecchio pescatore co' suoi figliuoli partivan per la pesca.

***

Ed anche Betto guardava con tenerezza la sua piccola cuginetta come la chiamavan i due ragazzi. Una volta ch'ella era stata lievemente malata egli apparve così sconvolto, così spaventato: la Mina lo vide a' piedi del suo letticciolo, nella modesta capanna, così disperato, tenerle fissi in volto que' suoi neri occhi con tanta intensa sollecitudine, e gli scorse nel volto tanta gioia quand'ella si riebbe e fu tòlta d'ogni pericolo, che la giovinetta sentì scenderle in cuore tanta grata tenerezza, tanto soave giubilo verecondo che, non vista, pianse a lungo di dolcezza e di gioia. E una soavissima speranza sbocciò per la prima volta nel suo cuore.

Ma Betto compiva ormai i venti anni. Venne incorporato nella leva, di mare e dovette partire per fare il marinaio.

Era una chiara alba di ottobre quando la barca di Salvatore fu preparata per condurre Betto ed altri due suoi compagni pescatori dalle spiaggie vicine, a Genova, per presentarsi al distretto di marina.

Sulla spiaggia Salvatore, Teresa e il fratello stavan attendendo con Betto i due compagni che dovean partire con lui. E intanto se lo tenevan in mezzo, stretto, nell'ultima tenerezza della partenza. Il vecchio Salvatore avea gli occhi umidi ma era orgoglioso che suo figlio facesse il marinaio. Egli lo avea fatto, suo nonno pure: era una famiglia di marinai, la sua, soleva dire con compiacenza; era giusto che il suo Betto pure fosse un marinaio.

La Mina era un poco in disparte. Guardava la ghiaia lucida, che scintillava al sole. Ella sola non avea parlato, ancora, non aveva detto nulla.

Betto si sciolse da' suoi e andò a lei. La guardò un poco, in silenzio, confuso, poi le prese una mano.

La giovinetta abbassò la testa.

– Mina... – cominciò Betto. Ma si fermò, indeciso.

La Mina gli alzò in volto que' suoi occhi color del mare, splendenti ma asciutti.

– Mina... – riprese il giovinotto – Oh, Mina, prima di partire... volevo dirti una cosa...

La fanciulla trepidamente attese.

Ma Betto era commosso, confuso, non osava: non sapeva dire, forse.

Le strinse più forte la mano, poi l'avvicinò a sè: la giovinetta smarrita gli gettò le braccia al collo, singhiozzando.

Egli la strinse tutta a sè: poi le mormorò fra le lagrime:

– Mina, te lo dirò quando sarò tornato quello che voleva dirti ora... vedrai, Mina mia, aspettami, non mi dimenticare.

– Oh no, oh no – mormorò la giovinetta tutta in lagrime, tremante, perduta fra le braccia del giovane pescatore.

Tanta era la dolcezza, la trepida gioia, la tenerezza per la cara dichiarazione e la promessa del giovane che la Mina si sentì per un momento quasi mancare... Le parve che tutto, a lei d'intorno, si accendesse per una rapida luce fulgidissima: poi seguì come un buio, un nero, uno smarrimento di tutto e di tutti. Rimasero un istante così perduti, smarriti, cuore contro cuore, stretti l'un l'altro.

Poi si sciolse da lui, gli sorrise ancora una volta, dolcissimamente, e andò poco discosto, sotto uno scoglio, a gettarsi a sedere sulla ghiaia bagnata dalla marea, che le veniva a toccare i piedi.

Betto partì: ella seguì la barca con gli occhi e con il cuore finchè potè, finchè non fu più che un oscuro lontano punto perduto nell'azzurra conca scintillante di pagliuzze di luce.

E per tutto quel giorno e i seguenti ella guardò a lungo il mare: e per la prima volta le parve cattivo e crudele.

***

E nella notte, quando la tormenta squassava il mare sulla spiaggia, e la bufera facea tremare la capanna, e gli urli delle onde furiose si confondevano con i fischi irosi del vento, la Mina nel sonno affannoso sognava una nave lontana, perduta fra i marosi di un mare immenso, senza fine, nero e spumeggiante. Alte montagne d'acqua, dalle creste irte scintillanti nella notte, le venivano addosso da tutte le parti: in alto il cielo nero era còrso da immani nuvole mostruose, che si rincorrevano, s'accavallavan, si scompigliavan senza tregua, senza pace, portate a volo furioso da quel vento, infernale... E nel sogno vedea le rupi aguzze del Promontorio e sognava di Betto pallido, intirizzito, molle d'acqua da capo a piedi, sulle rocce sopra il nero abisso, esposto alla morte, al vento sibilante, alla pioggia che lo sferzava, alla tempesta che lo incalzava da tutte le parti...

Si svegliava di soprassalto e la sua mente correva allora alla realtà. Dov'era Betto in quel momento? che faceva? ove era la sua nave, la sua bella e grande nave, della quale avea scritto una volta, da un paese lontano e sconosciuto, con tanto entusiasmo? E la fanciulla tremante, nella notte buia e paurosa, mentre fuori le mille voci del mare e del vento la faceano sussultare, vedeva Betto intirizzito sulla cima d'uno smisurato albero di maestra, piegato dal vento, tra il viluppo dei cordami battuti dal vento, in vedetta, aggrappato alla gomene, pendente sul mare nero e burrascoso, pallido ma forte, stanco ma bello, vigile ma sicuro... O forse passeggiava di guardia, sul ponte, silenzioso ed attento, mentre il mare gli mandava i suoi spruzzi salmastri ed egli guardava fiso all'orizzonte nero, al di là di quelle nubi tenebrose, volando, con il cuore, ad una nota spiaggia, anch'essa mòrsa dal mare, in quel momento, ove in una povera capannuccia, tutta agitata dalla bufera... O fors'anche in quel momento egli dormiva, là, sotto il ponte, in quella sua cuccetta ch'egli aveva una volta rozzamente e scherzando descritta in una delle sue, ahimè! così rare lettere alla mamma Teresa... E forse ancora, chissà? forse sognava della sua «piccola cuginetta» tanto lontana...

E la povera Mina si voltava e rivoltava nel letticciuolo, la mente accesa, il cuore che le batteva, le membra stanche, gli orecchi assordati dagli strilli della bufera di fuori. Finchè veniva l'alba a mettere nella capanna il suo scialbo chiarore. Allora il pescatore si levava, svegliava Salviano per andare alla pesca; la Teresa si alzava e diceva le orazioni e la Mina, pallida, sbattuta, per la notte insonne, gli occhi pesti e un leggero brivido nelle ossa, andava a guardare il mare, lungamente e tristamente, come quel primo giorno, che Betto era partito.

***

E Betto era ritornato!...

Oh, le belle serate che seguiron que' primi giorni del ritorno di Betto!

33

Nella capanna ben chiusa, davanti al focolare acceso, mentre fuori il mare brontolava nella sua eterna questione con il Promontorio, Betto parlava della sua nave, della sua bella nave, la loro casa; e dei viaggi, dei paesi lontani e così strani! e del mare...

«Il mare! ce lo sentivamo cantare intorno, di giorno, di notte all'alba, a sera: avevamo sempre nelle orecchie la sua voce, egli ci parlava e noi parlavamo a lui: ma era la voce del gran mare, quella lassù, dopo tutti gli scogli, quello alto, quello grande, quello che è veramente e completamente mare, vasto, sconfinato, aperto da tutte le parti: che non ha nessuna prigionia di terra, da nessuna parte ove posi lo sguardo. Non ha altro che il cielo, compagno: il cielo sopra, bello come lui quando è bello, e vasto infinito come lui. Sapete!... noi siamo abituati a sentirlo parlare il mare, da quando siamo nati, perchè ci siamo nati sopra: ma lassù in alto, il vero mare, la sua voce è diversa! È più forte e più dolce, vi dice più cose e più cose vi promette... E quanti mari ho veduti e tutti differenti!...»

E Betto si fermava e socchiudeva gli occhi quasi per riafferrare la visione, nel suo cuore di marinaio, di quel mare là; «quello lassù, dopo gli scogli, quello grande...».

E ripigliava:

«E non eravamo mai fermi!... La nostra bella casa guizzava sempre. Si dava un addio all'ultima città italiana che ci aveva tenuti un mese e via!...»

E nella rozza parola appassionata di Betto passavano le luminose città della Spagna, dal cielo sempre azzurro e dalle vie alberate piene di splendide donne dagli occhi neri che vi gettano passando uno sguardo – uno solo – che vi fa rimaner pensierosi e tristi per tutta la strada; le grigie e nebbiose città inglesi piene di fango nero, di fumo, di operai di tutte le razze, di donne bionde, stecchite e forti come uomini; poi le smisurate città americane, che non finiscono mai, colossali mucchi di case allineate con precisione, tutte uguali, tutte del pari riboccanti di gente frettolosa, di vetture a vapore, di treni, di macchine e di lavoro febbrile; finchè si arrivava nei paesi fantastici, del sole, mai pensati, mai sognati: dove tutto era nuovo, strano, bizzarro: bello e orrido, magnifico e buffo, nel medesimo tempo: le città dell'Asia, della China del Giappone e dell'Oceania... Betto era stato due mesi nel Giappone, durante la guerra, ad incrociare in quelle acque: e parlava di quelle strane città che sembran giuocattoli, di quelle strade piene di camelie, di quella strana gente di quelle bizzarre donne che han gli occhi a mandorla e i piedini da bambola...

E intorno a lui, nella capanna, vicino al focolare, i suoi cari stavano a sentirlo parlare, in silenzio: vivendo ciascuno in sè di quella sua vita scapigliata e avventurosa di uomo di mare, di marinaio, che tanto accende le menti e i cuori de' nostri abitatori della Riviera.

E la Mina chiudeva gli occhi e ascoltava per non perdere un suono della cara voce appassionata di Betto.

***

Poi venivano le belle mattinate di pesca, quando il cielo era sereno e il mare tutto frizzante sotto la primissima brezza dell'alba. Gli uomini sulla riva, nude le gambe e le braccia, tiravano le lunghe reti messe in mare la sera innanzi. L'acqua, da prima cinerea, si veniva colorando man mano di roseo; ed erano lunghi guizzi di porpora, sempre più intensi, che venian tremolando ad infrangersi fin sotto i piedi dei pescatori, finchè il sole non sorgeva rosso infocato ed accendeva tutto all'intorno. E gli uomini allora apparivano come nere macchie sopra lo sfondo ardente del cielo e del mare; e la Mina guardava intensamente la maschia figura di Betto alto, snello sopra l'acqua fiammeggiante. Finchè le reti non erano ridotte vicinissime e allora si riversava nelle barche accostate tutto l'argento, vivo e frizzante, dei pesci che fremevano e si scontorcevano, appena fuori dell'acqua, nell'ultima loro agonia nelle grandi ceste fragranti di salino.

Ma pure la Mina non era contenta. Una lieve ombra si andava posando sul suo piccolo cuore fremente e ne offuscava la trepida gioia che se n'era fatta padrona al ritorno di Betto.

Ah! egli era sì grazioso e garbato con lei, tanto buono, oh sì, tanto! ma... Mina non finiva, il pensiero recondito, ma un lungo sospirone completava la tristezza. E la giovinetta accorata si chiedeva: «aveva dunque dimenticato proprio del tutto, Betto, quell'addio così indimenticabile per lei, quel giorno, sulla spiaggia, davanti al mare azzurro?...» L'avea dunque egli potuto dimenticare? Oh! ed ella non aveva saputo più cancellarlo dal cuore, quell'addio, quella barca, quella spiaggia, quel mare azzurro e quel sole morente! E le sue dolci parole? Quelle sue così care parole, soffocate fra i baci, che l'avean fatta quasi morire di dolcezza e che avea tante volte sentito risonar sempre più care, sempre più tenere, sempre più indimenticabili, come una soave musica lontana e ineffabile, nelle sue lunghe notti affannose e nelle sue eterne giornate scorate? Quelle parole ch'ella avea chiesto tante volte al mare, all'alba, quando s'empieva di luci guizzanti come quel giorno, o la sera, al tramonto, quando il breve risucchio della marea veniva a baciare la sabbia e i suoi piedini scalzi, con i suoi piccoli baci di spuma? Oh, e avea egli dunque potuto dimenticarlo? e così presto?...

Ah, ella temeva alle volte di capire. Un triste pensiero le mordeva in que' momenti la mente e il cuore. Oh! il mare, il mare!...

Ah, ella temeva alle volte di capire. Il mare glielo avea dunque rapito?... Chi sa? Ne parlava con troppo entusiasmo fors'anche – ella lo sentiva bene – con rimpianto. E più che il mare, la nave, la sua nave... Ah, quella nave ch'egli rammentava con tanto accoramento ed entusiasmo! Aveva potuto dunque una nave far dimenticare quell'addio, far obliare la dolcezza, la tenerezza di quell'ora così ineffabile?...

Ma – si chiedeva ella ancora, rabbrividendo – era proprio il mare solamente?... Era proprio solo la nave?... Non aveva avuto Betto lunghe fermate in paesi di terra, in quelle grandi città ch'ei rammentava così spesso, alla sera, ne' suoi ricordi?...

E allora un sottil dubbio atroce si delineava insistente davanti al suo cuore. Ah, era pur vero! Non del solo mare egli parlava con tanto fuoco ed entusiasmo! Quante belle, grandi e popolose città aveva egli vedute! Quante di esse egli ricordava con vago rimpianto! Chissà? chissà? Se il suo cuore avesse mai dunque battuto più celere in nessuna di esse?...

E il povero visino della Mina s'oscurava.

Ella si vedeva sfilare davanti alla mente turbata una miriade di volti di donne di altri paesi; vaghe, lontane, inafferrabili per lei, così differenti dai volti noti e consueti...

Vagamente ella si raffigurava le brune spagnuole dai neri occhioni pieni di fuoco, ch'egli aveva una sera descritto, rifacendone l'acconciamento con una pezzuola di lei stessa, della Mina; e le briose francesine tutto spirito e le bionde inglesi... E le piccole giapponesi dagli occhi a mandorla e dai piedini di fata?...

Mai il suo cuore aveva dunque battuto, là, in que' paesi smaglianti, così lontano da quel povero scoglio dimenticato sul mare azzurro?...

Chi sa? chi sa?...

Forse mentre lei piangeva, secretamente e si accorava....

E allora la povera Mina si faceva triste e si sentiva tanto infelice. E di nuovo un vago risentimento la prendeva contro tutto quel mare inesorabile che aveva fatto conoscere tante altre donne al suo Betto.

***

E Salviano da che era ritornato il fratello si era fatto sempre più taciturno.

Passava adesso lunghe ore sulla sabbia del Promontorio, sulla rupe più alta, più inaccessibile e scoscesa, lungo disteso, tenendo i grigi occhi sbarrati sul mare.

Egli sfuggiva volentieri la compagnia del padre, della Teresa, del fratello ed anche della Mina.

– È un selvaggio! – diceva Salvatore, per iscusarlo, e senza pensarvi più che tanto.

Ma la Teresa scuoteva la testa, pensosa.

Betto rideva, con franchezza, e non mancava di motteggiarlo affettuosamente appena lo scorgeva, la sera, al parco desco, o attorno al focolare, nella capanna.

Ma una sera ch'eran soli, Salviano agli scherzi del fratello s'era rizzato, mentre una rapida vampa gli coloriva il volto:

– Lasciami stare... tu!

E lo aveva guardato con tale sguardo scintillante e mai veduto che Betto n'era rimasto sbalordito.

– Che strano pazzo di ragazzo si era fatto quel monello!...

Tanto che Betto ne aveva chiesto, la sera, alla Teresa.

– Non te ne curare – aveva risposto la buona donna, un poco inquieta però suo malgrado – è sempre stato così, un poco bizzarro.

– Pareva volesse mangiarmi! – si accontentò di aggiungere Betto. E non vi pensò più che tanto.

Ma la Teresa n'era rimasta impensierita.

Da troppo tempo ella si era accorta di quello che covava nel cuore il fiero ragazzo.

E da quella sera decise di affrettarsi.

Bisogna riparare in tempo.

***

Seduto sulla spiaggia Betto guardava il mare. Era azzurro, liscio, senza una ruga; il mare de' giorni dell'ozio, il mare d'olio, il mare che fa dondolare la barca lieve e fa dormire la nave a vela, cullandola nel suo seno enorme, come una grande mamma severa e capricciosa che dimentica per un momento le sue bizzarrie e vuol far la buona, ed è tutta dolce ed amorosa... La brezza fischia leggera fra le sartie e canta sottovoce: la fiamma in alto guizza come un serpentello e tutto tace a bordo, tutti dormono, vinti dalla grande ninnananna.

E Betto guardando il mare si sentiva prendere da una sottile malinconia. Dov'era in quel momento la sua nave, la sua bella nave, così mostruosa e così gentile, tutta di ferro e lieve come un cigno nell'acqua azzurra, fremente come un congegno infernale ne' suoi immani ingranaggi nascosti nel seno e guizzante come un'anguilla fra il suo nugolo di spuma bianca? Dov'era in quel momento la sua bella e potente nave, la sua casa, ove tanti mesi, tanti giorni, tante ore aveva vissute, lavorate, godute, sofferte, faticate?... Forse in quel momento, puntino perduto nell'immensità del mare, era slanciata a tutto vapore verso paesi lontani, sconosciuti, dall'altra parte del mondo; forse si cullava placida e maestosa nelle acque verdi del porto di qualche immensa città. E intorno a lei correvano barche, guizzavano neri vaporini frementi e gremiti, cantando con le sirene, e la forte, febbrile vita de' grandi porti di mare si agitava intorno ad essa calma e sicura ed impassibile spettatrice: emblema della forza e delle glorie della sua patria – come aveva detto tante volte il capitano suo parlando a' marinai. – E quella voce robusta e simpatica, avvezza al comando, Betto se la sentiva risuonar in quel momento all'orecchio e nel cuore come una cara, lontana musica, piena di dolcezza e di forti memorie. – Egli chiudeva un momento gli occhi e riviveva la vita di bordo: quella vita così varia, così pittoresca, così cara malgrado le inevitabili durezze, le fatiche, i disagi, i pericoli, che nessun marinaio dimentica mai più. – E le ardenti commozioni delle manovre – i bei giorni di battaglia – sfilando davanti al Principe, sulla sua bella Ammiraglia, in mezzo a nuvole di fumo, al rimbombo dei cannoni, agli hurrà, quando la nave è tutta una febbre, e freme nelle viscere e fende l'acqua e tutto d'intorno spuma, ribolle, sparisce in un nembo di polvere bianca e scintillante!...

Betto seguitava a guardare il mare quieto, e pensava.

Ah, quel mare, quel mare!...

Se gliene aveva dato di forti piaceri al suo cuore di figlio di mare nato sul mare, cresciuto alla sua riva, con un intenso desiderio di vivere e di morire su di esso!...

E una sottile idea che, già da qualche tempo, era sorta misteriosamente nel suo cuore, si andava ora delineando più nettamente davanti alla sua mente.

Vivere e morire su di esso!...

E perchè no?

Non si sentiva egli marinaio nel sangue, nelle ossa, nel cuore, in tutto il suo essere?

Suo padre non era stato dunque marinaio? Suo nonno, il vecchio suo nonno, che, piccino piccino, se lo prendeva sulle ginocchia per raccontargli le sue lunghe storie di mare, avventure straordinarie, viaggi fantastici, non era dunque stato marinaio tutta la sua vita?

Non l'aveva dunque nel sangue quest'ardente, invincibile amore pel mare?...

E perchè non doveva seguirlo? Perchè non ritornava marinaio? E per sempre – per sempre?...

A quest'idea Betto sollevò la testa, colorito in volto, sentendo un'ondata di dolcezza invadergli il cuore.

Sì, sì, marinaio – marinaio – ecco il suo destino, la sua vita, il suo avvenire, la sua passione. – La vita sul mare, baciato sempre dall'onda salsa: inerpicato sopra un albero che tocca il cielo, librato nell'azzurro fra la rete aerea delle gomene, attaccato ad una vela candida, gonfia di vento, come un'ala enorme di gabbiano; il breve sonno sur una corona di corda, in un cantuccio nascosto del ponte, mentre gli spruzzi della risacca vengono a rinfrescare il sonno: il lavoro di bordo vario, pittoresco, appassionato.

Eccola la sua vita!...

Ah no: quella calma, monotona, povera, del pescatore non era fatta per lui. Egli l'avea sentito potentemente in que' giorni. – Quel lavoro calmo, regolare, quotidiano lo stancava, lo snervava, lo faceva morir di noia e di uggia. Oh, invece la vita varia, rumorosa, ardente del marinaio!... La vita della nave da guerra! ... E la carriera, e le soddisfazioni, e chissà? l'avvenire bello e insperato, fors'anche!... Non erano state queste le ultime parole, il saluto del suo comandante, il giorno del congedo, là sul ponte, in grande uniforme, in mezzo al sole che sfolgorava sulle spalline degli ufficiali e sugli acciai delle artiglierie?...

L'avvenire, il sogno del marinaio italiano!...

E Betto, deciso, tutto fremente di ricordi, stabilì di parlarne a mamma Teresa.

Sarebbe ritornato per sempre al suo mare! Al suo mare, bello, grande e pieno di promesse.

E il giovane marinaio gli mandò, con le dita, un bacio.

***

E la sera, approfittando di un momento nel quale gli altri eran tutti fuori, sulla spiaggia, Betto trattenne la Teresa vicino al focolare, nella capanna piena di ombre, e le disse sottovoce:

– Mamma Teresa... ho bisogno di dirvi una cosa.

La Teresa, che aspettava forse quel momento, se lo fece sedere vicino. Poi si alzò per gettare una fascina di alghe secche sulla brace. Ma Betto la trattenne:

– No, no, mamma Teresa, si parla meglio così... con questa poca luce: per quello che ho da dirvi!

La Teresa si sedette e mormorò:

– Come vuoi, figliuolo. Parla su, da bravo: ti ascolto.

Betto pensò un momento poi cominciò:

– Mamma... vi siete mai accorta di nulla, voi?

La buona donna che pensava a tutt'altra cosa – ad una cara e secreta cosa che da tanto tempo nutriva dolcemente nel cuore – mormorò tutta commossa:

– Oh sì, figliuolo mio... molto più che tu forse non credi.

Betto la guardò alquanto stupito ma non comprese.

– Voi siete buona, mamma Teresa, e sapete leggere nel cuore dei vostri figliuoli! È così, mamma – riprese il giovane dopo un momento di pausa – io a questa vita così uguale... così monotona... così... – e s'interruppe ancora. – Scusate, diceva, questa vita non è più fatta per me.

La Teresa lo guardò: era lei ora che non capiva più nulla.

Cosa diceva mai dunque adesso quel benedetto ragazzo?

– Oh, mamma – continuava intanto Betto senza accorgersi dello stupore accorato della buona donna man mano che proseguiva nel suo discorso – oh, mamma! il mare, vedete, una volta che ci s'è ficcato nel sangue, nelle ossa, in tutti i nervi non ce lo può più staccare da dosso nessuno.. È come una donna molto bella che v'ha fatto il sortilegio, che v'ha stregato! Voi lo sognate la notte, voi ne sentite bisogno il giorno, pensate a lui sempre, ogni ora, ogni minuto... Intendo il mare grande, il mare quello lassù, al di là dei quattro scogli ove siamo nati.... E allora questa nostra spiaggia ci sembra così piccola, così morta e non ci dice più niente e non ci basta più! ... E si finisce che bisogna ritornarci, già, ritornare a lui, ritornare a lui!... se no si muore. È proprio così, mia buona mamma Teresa, così come io vi ho detto.

La Teresa era rimasta muta, come allibita. Le mani le tremavano per la grande sorpresa al sentir quelle parole così lontane da quelle che nel suo cuore attendeva. Lì per lì non seppe proferir parola: poi finalmente, con uno sforzo, rimessasi alquanto, mormorò:

– Ma tu pensi dunque a ripartire, figliuolo?

Betto la guardò maravigliato.

– Ma come?... non era cotesto che voi avete dunque letto in me, in tutti questi giorni?

La Teresa si mise le mani alla fronte.

Poi mormorò:

– Povera Mina!

Betto la fissò:

– La Mina? cosa c'entra la Mina in questo?

La Teresa allora disse:

– Ma come, Betto? non sai dunque nulla tu? non ti sei accorto mai di nulla, tu ? ma è possibile questo ? via, non lo credo!

Betto non rispose.

– Povera Mina! – proseguì – non l'hai mai dunque guardata, povero angiolo? o sei diventato cieco del tutto?

E la buona donna attese invano la risposta del giovane marinaio.

– Eppure – proseguì essa – eppure un giorno anche tu hai pensato a quello ch'essa ora tiene nel cuore da tanto tempo... Credi tu che io non lo sapessi forse?

Betto appariva imbarazzato. Ora capiva e sopra tutto ricordava molte cose.

– Mamma – mormorò – avete ragione: ma allora... in quei giorni... voi capirete... io era un ragazzo... cosa volete che capissi e che pensassi! Si potevano mai prendere sul serio quelle cose là... di quei giorni... quelle bambinate...

– Le chiami bambinate, ora – rimproverò dolcemente la Teresa, che sentiva nel cuore un gran freddo alle parole di Betto, per lei, per la sua povera creatura. Povera Mina! povero angiolo!

– Ma sì, mamma – proseguiva Betto più sicuro, e deciso ormai – ma sì, come le potreste dunque chiamare altrimenti?... Dopo, oh dopo!... tante cose sono avvenute, tante!... e io, vedete, sono così cambiato d'allora, così differente: sono un altro...

– Me ne accorgo, mio Dio – sospirò la donna.

– Io voglio bene alla Mina... molto bene... ma molto davvero: ma come ad una sorella! Ed io non voglio esser altro che un fratello per la Mina.

Rimasero un momento in silenzio ambedue.

Betto riprese pel primo a parlare:

– Dunque, vedete anche voi, che la miglior cosa che mi convenga fare, adesso, è di partire subito... subito... ritornare al mio mare, alla mia nave.

– Peccato! – mormorò la Teresa – peccato!... E anche io che avevo sognato...

Ma soggiunse subito, segnandosi:

– Ma sia fatta la volontà del Signore!

E riprese:

– Forse è meglio, così: se quella era la tua vocazione!

– Dunque, penserete voi a parlarne al babbo? – disse Betto.

– Sì, penserò io a tutto.

– E... – domandò ancora Betto indeciso – o... agli altri?...

– Ne parlerò anche io – disse la Teresa con un sospiro.

E quel pensiero veniva proprio dal più profondo del cuore della vera madre della povera Mina... Perchè l'altra, quella che l'avea data al mondo lasciandole nel sangue come sola eredità la sua malattia di amore, se ancor era viva, mai poteva pensare, in quel momento, quale schianto doloroso stava per farle reclinare la povera testolina.

La Teresa rimase un istante con la testa bassa, forse pregando Iddio che rendesse men cruda la prova alla povera creatura, poi, prima che se ne andasse disse ancora a Betto:

– Ma tu, non lasciarla così: dille una buona parola: sarà l'ultima forse.

Betto non rispose: ma abbracciò la buona mamma Teresa e la baciò in fronte.

***

Salviano cullato dalle onde, in alto mare, beveva la brezza pregna di salino che gli batteva sul volto. Un capriccio improvviso. Era venuto alla riva, era rimasto un po' a guardare la bella distesa azzurra, quieta come olio – il mare azzurro dei giorni di pace – poi si era spogliato rapidamente e si era gettato in mare.

Ava preso il largo, nuotando vigorosamente, ed ora si lasciava dondolare dalle onde azzurre, aspirando con voluttà l'amica salsedine che con istrano piacere gli veniva a vellicar le narici.

Tutt'all'intorno silenzio e quiete – Mare, mare, mare. Non una vela. Un azzurro lucente immenso. Il Promontorio, nero e brullo, appariva come un pugno minaccioso di roccia bruna. In alto il cielo, senza una nube, ancora esso azzurro, intensamente, come il mare. Salviano riposava, nella carezza del mare amico e buono. Come faceva bene quel fresco bacio dell'onda odorosa!...

Il forte ragazzo sentiva una sottile ebbrezza vincerlo tutto. Si abbandonava al mare, gli occhi chiusi, il capo reclinato all'indietro. Che bella cosa, che sogno, non muoversi mai più, restar così, sempre, nell'azzurro, sempre, sempre, per tutta la eternità!... Una piccola ondata gli passò sul volto e Salviano ebbe l'illusione di essere veramente divenuto una cosa sola col mare, una sua parte, una piccola goccia dell'azzurro che lo circondava da tutte le parti, che lo avea fatto suo.

Ma un bianco puntino apparve sulla massa nera del Promontorio. Salviano rizzò il capo dalle onde. La vista acutissima del giovane, pescatore afferrò subito la visione.

La Mina.

Ella era sola e guardava il mare. Che cercava? che voleva ella? Salviano guardava sempre il punto bianco, indeciso, pensoso. Ma ad un tratto un altro punto apparve dietro di lei. Un altro nero punto che lo sguardo di Salviano afferrò ancora subito. Betto, il fratello. Era lui. Che cosa veniva a fare che cercava? Il punto si avvicinava alla Mina e poi ristette. Che voleva egli, il fratello, dalla Mina? Un lampo guizzò dall'occhio di Salviano. Sì, ma che voleva lui dunque dalla fanciulla?... E il braccio forte del ragazzo battè con violenza l'acqua, nel novello impeto di nuoto che ora lo aveva preso.

I due punti eran rimasti fermi, vicini. Que' due si parlavano. Che si diceano? Aveano dunque molte cose a dirsi?... Salviano si abbandonò, chiudendo gli occhi, nuovamente all'onda. Ma la dolce ebbrezza di poc'anzi era ormai svanita. Una strana spossatezza lo vinceva, adesso. Che bella cosa dormire, non pensar più, non veder più nulla, in quel morbido letto dell'onda! ... E quei due punti, là a lui davanti, sulla riva bruna, eran sempre accosto!... Quante cose avea dunque da dire Betto alla Mina!...

Ma ad un tratto uno dei punti si era staccato: il bianco.

Esso risaliva lentamente l'erta del Promontorio: si fermò ancora un istante, poi scomparve, dietro le roccie. Il punto nero era rimasto immoto. Poi si accostò alla riva, rimase alquanto là, vicinissimo all'onda, e a Salviano parve che scendesse in mare. Con due colpi vigorosi Salviano si accostò alla riva. Non c'era più dubbio. Betto lo aveva imitato: si era gettato a nuoto.

Con due bracciate gli fu vicino.

– Salviano! – gridò il fratello – sei tu?

Per tutta risposta Salviano gli andò a lato.

Betto prese il largo e Salviano lo seguì.

Per qualche tempo nuotarono così di conserva, in silenzio. S'era levata la brezza salina e Salviano la bevea largamente, la testa alta sull'onda increspata. Poi, ad un tratto, Betto disse:

– Non sai, dunque, Salviano? ho una nuova a darti...

Salviano interrogò con lo sguardo.

– Vado via di nuovo.

Salviano sbarrò gli occhi.

– Tu?

– Già. Ritorno alla mia nave.

Salviano non rispose subito: non capiva.

– Trovi dunque tanto strana questa cosa? – ripigliò Betto.

E continuò:

– Ritorno marinaio... Che vuoi? questa vita morta di pescatore non fa più per me. M'ingaggio per altri tre anni, con il buon aiuto del Signore.

Salviano con un guizzo improvviso scattò d'alcuni metri superando il fratello, filando nell'acqua azzurra, come un cefalo. Betto lo raggiunse.

– Ma dici davvero dunque, tu ? – borbottò Salviano, quasi parlando all'onda che gli battea sul mento.

– Oh sì, Ne ho già parlato anche a mamma Teresa.

Salviano tacque un istante.

– E... alla Mina l'hai anche tu detto?

Betto sguardò il fratello rapidamente.

– Sì... anche a lei l'ho detto.

Salviano tacque.

Poi ad un tratto si avvicinò al fratello.

– Povero Betto! – esclamò egli con voce mutata, E avea gli occhi umidi... e non di sola acqua marina.

– Strano, però – mormorò Betto fra sè – parrebbe quasi contento che me ne vada!

***

La barca era pronta: Betto, con il suo fardello, sulla riva, un poco pallido, pur cercava di rincorare il vecchio Salvatore che non parlava, non diceva proprio nulla, ma avea le labbra serrate e un gruppo alla gola. Il suo Betto ripartiva, ritornava al mare: era giusto. Figlio del mare il mare se lo ripigliava. Lo aveva allevato lui così. Era destino. E si sforzava di darsi pace. Ma un muto accoramento era in fondo al suo animo. Egli era vecchio, ormai. Lo avrebbe riveduto più, il suo caro figliuolo?...

La Teresa si asciugava gli occhi. La Mina, pallida, disfatta, non fiatava. Aveva i suoi grandi occhi aperti, pieni di stupore. Betto andava via!... Come era brulla la spiaggia, come triste e scolorito il mare! Come tutto appariva smorto e senza luce intorno a lei!... Betto andava via!...

Curioso: ella avea come uno strano senso di vuoto, nella testa, di stupore, di stanchezza, di freddo, di noia. Betto andava via!...

Salviano non c'era.

All'ultimo momento il vecchio Salvatore avea detto:

– E Salviano dov'è? andatelo a cercare che venga a salutare il fratello!

Ma la Teresa avea detto, brevemente:

– No, no, lasciatelo stare Salviano.

Il vecchio pescatore avea guardato meravigliato la donna e non avea compreso.

Ed ora Betto stava per partire.

– Addio, babbo – mormorò egli baciando le gote rugose del vecchio pescatore, avviticchiato al suo collo. – Addio, babbo, non piangete: ritornerò con un bel grado.

Il vecchio si asciugò ruvidamente le lacrime.

– Addio, figliuolo, e Dio ti benedica e ti dia salute e fortuna... Noi pregheremo qua per te.

La Teresa baciò Betto.

Quindi venne la volta della Mina. La fanciulla bianca, esangue, rigida, pareva una statua sottile senza moto. Betto la baciò lieve sulla gota e saltò nella barca.

La Mina teneva gli occhi sbarrati sulla quieta distesa del mare.

Passò forse nella mente della giovinetta la rapida visione di un'altra partenza, di un'altro saluto, di un altro bacio, così differente, così mutato, così lontano, ormai? Oh, quanta tenerezza, allora, e quanta speranza, quanta speranza! e così vana!...

La Teresa allora – per la prima volta – le mormorò sottovoce:

– Coraggio, angelo mio, coraggio!...

– Oh, mamma! – gridò la fanciulla, scoppiando finalmente in lacrime.

***

Sulla vetta pia alta del Promontorio Salviano guardava la barca che si andava allontanando, Era pallido e teneva le labbra strette e i denti serrati. La barca appariva come una piccola macchia nerastra: ma egli ben vi scorgeva dentro un irrequieto puntino più chiaro che agitava il fazzoletto...

Ad un tratto abbassò gli occhi sulla roccia più bassa, che si dirupava sotto i suoi piedi. E scorse la Mina. La fanciulla si era arrampicata sino lassù, senza vederlo, per guardare la barca che si allontanava nell'azzurro, per iscorgerla sino all'ultimo... In due balzi Salviano le fu a lato. La Mina volse il capo, lo guardò un istante poi rivolse di nuovo i grandi occhi sbarrati sul mare crudele.

43

Stettero molto tempo così.

Poi Salviano si accoccolò sulla roccia, un po' sotto alla fanciulla.

– Dì, Mina, rispondi – mormorò egli ad un tratto.

Ma dovette ripetere più volte la chiamata perchè la ragazza non lo sentiva.

Alfine ella portò i suoi occhi sbarrati sopra di lui.

– Dì, dunque, Mina, gli volevi molto bene a Betto...

– Oh! – mormorò la Mina dolorosamente.

– Tanto?

– Oh, tanto!

– Tanto! – ripetè Salviano rabbrividendo.

E chiuse gli occhi, come se quella gran luce del mare e del cielo lo abbacinasse tutto.

E riprese ancora:

– Ma dunque è stato ben cattivo, Betto, a partire così...

La Mina sollevò gli occhi:

– Oh, cattivo Betto? Ah no, povero Betto. Non è stato cattivo, lui...

E la fanciulla mormorò sottovoce:

– Forse è Dio che non lo ha voluto.

– Che cosa? – mormorò Salviano.

– Nulla! – sospirò ancora la Mina, con un filo di voce.

Seguì un lungo silenzio. Non si udiva che il mareggiar lieve dell'onda nella marea sulla spiaggia. La barca di Betto era scomparsa, da tanto tempo. Ed ora la sera scendeva rapidamente. L'acqua si tingeva di violetto mentre il sole si abbassava sull'orizzonte. Un gabbiano, dalle larghe ali, sfiorava le rocce del Promontorio in cerca del suo nido che que' due aveano forse turbato.

– Mina – mormorò ad un tratto Salviano.

– Mina – ripetè più forte.

La fanciulla riportò il suo sguardo smarrito senza lacrime, pieno di doloroso stupore, sul ragazzone.

– Andiamo anche noi con Betto – mormorò Salviano con un'altra voce.

La fanciulla ebbe un moto.

– Anche tu, dunque... – ma non finì il recondito pensiero improvviso.

– Vieni, Mina, andiamo dunque, andiamo insieme...

E rabbrividendo tutto borbottò:

– Anch'io, sai? ti volevo tanto bene.

Ma le ultime parole del ragazzone morirono soffocate in un singhiozzo.

Egli tese le braccia. La Mina affascinata vi si lasciò cadere. Salviano soffocò un bacio sopra i biondi capelli della giovinetta che s'irrigidiva. E si abbandonò all'indietro; sul vuoto. I due corpi avvinti così scivolarono in mucchio sulla scosceso dirupo, quindi rotolaron, sempre uniti, sin sul ciglio a picco sul mare. Lì il fantastico gruppo parve arrestarsi un attimo sopra l'abisso. Poi sprofondò giù, nella schiuma candidissima, sugli aguzzi scogli scintillanti agli ultimi raggi del sole morente.

Il gabbiano dalle lunghe ali fuggì via con tino strido, spaventato.

## LA VECCHIA PIPA.

Il ponente fresco che veniva a sibilar fra i cordami facea dondolar la Santa Maria nelle onde rosee pel tramonto che laggiù all'orizzonte fiammeggiava; e i quattro uomini seduti di fronte, in coperta, bevean il saporitissimo arziglio (l'odore di alghe e di salino) che battea loro in faccia, con le ultime vampe vermiglie del sole che si tuffava...

Padron Michele caricò abbondantemente la pipa, la nera e fumosa pipa, che tante traversate aveva veduto, tante avventure poteva narrare. (Una gentile storia d'amore aveva iniziato la marinaresca sua vita in mano del padrone). Intanto le pipe degli altri tre gettavano già nugoli di aromatissimo fumo, come tre caminiere di piroscafi sbuffanti a tutto vapore.

Poichè padron Michele ebbe empiuta la sua, si fermò un momento a guardarla con tenerezza insieme e con gravità.

– La storia, padron Michele, la storia – mormorò uno dei tre fumatori.

– La storia, la storia – fecero eco gli altri, mentre più veementi uscivan le poderose boccate di fumo che in lievi spire opaline andavan vagolando un poco sullo specchio roseo del mare per poi perdersi nella lievissima nebbia che già ammorbidiva l'aria della sera marina.

Padron Michele alzò di più la vecchia pipa, la palpò e battè su di essa le nocche:

– Oh, essa, la mia vecchissima, ve la dovrebbe raccontar la sua storia...

E cavato un fiammifero di legno, silenziosamente e pacatamente, comunicò il fuoco all'aromatico contenuto del ventre capace.

E la prima boccata di fumo uscì dalla serena bocca, sepolta sotto la marinara barba, di padron Michele.

– A Sori... – cominciò egli la storia.

E si fermò un momento, guardando il sole, laggiù, che finiva di tuffarsi del tutto. La barca si dondolava ancor più dolcemente nelle ondate color di viola, adesso, mentre il ponente fresco facea vieppiù sibilar i cordami tesi: e padron Michele rivedeva nella mente la marinara cittadina, rimasta sì fitta nel suo cuore... Rivedeva la viuzza deserta sotto la fioca luce del lampione: là sotto, al di là della viuzza, era il mare; la piccola rada buia, dormente, quieta; qualche lumicino qua e là sull'acqua nera; tratto tratto il leve fiotto che si rompea nella rena: e il fantasma d'una barca, scivolante giù, invisibile e misteriosa, nell'ombra, col lieve tonfo del remo che rompea il sonno dell'onda.. E sopra a tutto l'ineffabile arziglio, come ora!...

– A Sori... – riprese padron Michele, abbandonando alla brezza una formidabile boccata di fumo grigio.

E continuò:

– Capitan Traverso era il mio più grande amico. Io era all'ultimo corso dell'Istituto nautico: prossimo ad abbrancar la mia patente di capitano... Fumavamo insieme delle inverosimili pipate che – sia detto senza mancarvi di rispetto – le nostre quattro di adesso mi fanno ridere, al paragone.

Che fumatore, capitan Traverso!... E io lo imitavo, del mio meglio. E lo lasciavo narrare a suo piacimento de' suoi viaggi e lo ascoltavo con una pazienza, una pazienza da frate cappuccino. Non la finiva più, capitan Traverso, quando cavava fuori le sue storie, ma io avevo le mie buone ragioni per dargli la corda, tanto che il sole era caduto da un pezzo e il mare già nero da parecchie ore, giù al basso, sotto la loggetta di capitan Traverso, quando il buon uomo si decideva a dire alla figliuola di accendere il lume, che era l'ora di andare a cena... Voi mi avete già capito. C'era la ragazza con noi, sulla loggetta buia, sopra il mare che se la cantava dolcemente sotto di noi... Oh la Gina che bella creatura! Aveva diciassette anni, e sottile, bruna, con un visino di madonnina e gli occhi verdi, come il mare. Mentre il capitano parlava io vedeva nell'ombra della loggetta, davanti a me, il visuccio bianco della Gina e gli occhi che scintillavano come due stelle nell'aria scura piena d'odor di mare... Il buon padre credeva d'aver lui, con le sue storie meravigliose, tutto il merito del profondo raccoglimento di noi due, e non si accorgeva che se le nostre bocche tacevano era per meglio lasciar fare ai nostri occhi che parlavano... oh se parlavano, essi, fra loro!...

Era da un anno che ci amavamo e fra noi due già s'era combinato che appena preso il diploma e fatta la navigazione di pratica, l'avrei sposata. Ma parlarne al capitano... non se n'avea ancora avuto coraggio! Io, veramente, se fosse stato in me, un giorno o l'altro, l'avrei fatto senz'altro; gli avrei spifferata la cosa, bella e lesta, da marinaro, e gli avrei chiesta la ragazza... Ma lei, la Gina, si sbiancava tutta quando io, in fretta e di sfuggita, riuscivo a farle questo discorso; e mi diceva di no, ch'era meglio aspettare un poco, che non era tempo ancora: e sospirava, poveretta!... Non aveva più madre la povera bambina, e padron Traverso, che nella sua lunga carriera aveva ammucchiato un buon sacchetto di denari e si era comprata la casina sul mare nella sua Sori, sognata chi sa quante volte lungo le più fiere traversate, se ne viveva ora nel più perfetto riposo, meglio, nel più completo ozio. Era lui il guardiano della sua ragazza, e che guardiano!... Le faceva intorno i suoi quarti regolarmente, come se fosse stata la Santa Barbara d'un naviglio di guerra, che bisogna invigilar gelosamente per paura che una malaugurata fiammolina non ve la mandi in aria, con tutto quello che ha d'intorno!...

Padron Michele si fermò un momento. La sera calava rapidamente sul mare: il ponente s'era fatto più fresco e la Santa Maria filava ch'era un piacere.

Il padrone dette un'occhiata intorno: vide che tutto andava regolarmente, che i suoi uomini di servizio erano al loro posto, e ritornò nel gruppo circonfuso dal fumo delle pipe.

– Capitan Traverso avea l'abitudine, tutte le sere, quando il sole accennava a voler andare sotto, di recarsi sulla piazzetta che guarda il mare, e lì, seduto sui sedili di pietra che ci sono ancora, passava un'oretta con i suoi vecchi amici – tutti uomini di mare come lui e ora, come lui, in riposo. Quella sera dunque io lo aspettava presso la piazzetta. Appena lo scorsi andai a sedermigli vicino e dopo poche parole di preambolo venni al gran fatto; gli confessai tutto, il mio amore per la Gina, la mia ferma intenzione di farla mia moglie, e la preghiera che non si opponesse al nostro amore... Capitan Traverso mi ascoltò serio, fumando terribilmente, poi... non mi rispose niente. Disse solo:

– Va tutto bene, ma aspetta un po'.

Di lì a poco attraversò la piazzetta un vecchietto (era un vecchio capitano che io ben conosceva, un veterano del mare sopra i novanta anni). Capitan Traverso lo chiamò, lo abbracciò (egli che non abbracciava mai nessuno!) lo fece sedere in mezzo a noi, poi battendomi sulla spalla mi disse:

– Ti ricordi la storia di quel mio naufragio che ti ho raccontato due sere fa?...

Povero capitan Traverso! Egli, dopo quanto gli avevo detto, credeva ancora in buona fede, che io, in quelle sere scure, avessi potuto ascoltare i suoi racconti di viaggio!... Naturalmente dissi di sì.

– Ebbene ti ricordi quel terribile momento quando... – e mi ripetè in fretta il «terribile momento» sul quale si era dilungato minuziosamente due sere innanzi e che io, allora, sentiva per la prima volta.

– Ebbene è lui, è lui il mio salvatore... – concluse capitan Traverso, guardando con ruvida tenerezza il suo vecchissimo compagno di pericoli e di coraggio.

Il vecchio marinaio sorrideva.

– Ebbene, ragazzo mio, – continuò il capitan Traverso – sai che giuramento gli ho fatto quella sera, là, su quella spiaggia deserta; in quel paese selvaggio e sconosciuto dove poco mancò non lasciassi queste mie vecchie ossa?...

Io attesi, pazientemente.

– Io giurai (e non fu giuramento di marinaio questo, sai!) che se fosse venuto il giorno che lui – e lo accennò – mi avesse chiesto una cosa, io, fosse stata la mia vita, lo avrei ubbidito, ciecamente.

Capitan Traverso mi fissò bene.

– Ebbene sai, ragazzo mio, che cosa mi ha chiesto lui, sei mesi fa? ... La mano della mia Gina per il suo ragazzo, che sta viaggiando nelle Indie e che in capo a tre anni deve tornare a Sori... per sposare la Gina. Hai capito ragazzo? La Gina lo sa e anch'essa lo aspetta.

Io non fiatai. Ricordo solo che quella sera il tramonto era molto acceso e che tirava un ventaccio sciroccale che bruciava gli occhi e metteva nei polsi un'incredibile smania di fare a pugni con tutti.

Padron Michele si fermò ancora una volta, rintuzzò la pipa e riprese:

– La sera del giorno che presi il diploma andai a salutare capitan Traverso e la Gina (poveretta, quanto aveva pianto secretamente!). Il vecchio capitano commosso (forse chissà quanto avrebbe preferito fare quello che il suo cuore gli suggeriva, ma il suo giuramento non era di marinaio, l'aveva detto!) prima di partire disse alla Gina di andare di là, di prendere quella tale pipa che aveva preparata e di portarla. Quando la Gina (come era sbiancata, povera bambina!) tornò con la pipa che qui vedete, capitan Traverso, me la dette e disse:

– Prendila, ragazzo, te la dà il vecchio capitan Traverso, e... la sua figliuola: parti, prendi il mare, viaggia e falla diventar più nera che puoi; un giorno, fra tre o quattro anni, quando sarà ben nera, ritorna a Sori, e portacela un po' a vedere come l'hai servita. – E sottovoce, all'orecchio, in modo che non sentissi che io solo, finì: – Chissà che le cose quel giorno non siano cambiate? che quel ragazzo che sai si sia fermato laggiù o abbia cambiato idea... Chi sa, ragazzo mio?...

Sentii i miei occhi inumidirsi e strinsi al cuore e baciai la nera mano callosa di capitan Traverso, che tremava tutto in quel momento e non per vecchiaia.

Padron Michele tacque un momento per ricaricare la pipa mentre anche gli altri tacevano e la Santa Maria filava nell'acqua nera del tutto, ormai. Poi finì così la storia della sua pipa:

– Partii, viaggiai, fumai giorno e notte in questa pipa che la Gina con le sue piccole mani mi ha dato quella sera, per renderla più nera e affumicata che fosse possibile, e dopo i tre anni ritornai a Sori... Capitan Traverso era morto da un anno e la Gina, ne aveva già due di marmocchi, capite? Quel tale aveva anticipato: era arrivato subito, l'anno dopo che io era partito, s'era combinato tutto, e... ora la scià Gina credo abbia raggiunto, se non superata, la mezza dozzina, fra piccoli e grandi, di marinai da far correre sul mare come noi, in questo momento.

Gianni era entrato al Sanatorio di Nervi in una giornata di febbraio. Nulla più egli ricordava di quel mattino invernale: se non che il sole luceva come di piena estate e che egli aveva un atroce dolore al petto dal lato sinistro, e lo assordava un grande martellamento alle tempie. Ricordava il sonno profondo che lo aveva còlto appena si era messo, tutto rabbrividente, tra le grosse lenzuola di bucato, odoranti di acido fenico. Poi ricordava anche, confusamente, la prima impressione delle spaziose camerate, gl'innumerevoli letti allineati, le tabelle, gli scoppi di tosse che dominavano ogni altro rumore, sempre, incessantemente, di giorno e di notte; i visi pallidi delle suore affaccendate nelle tuniche color di piombo. Sulle grandi vetrate si ostinava a battere il sole, e il mare che veniva a lambire a' piedi il Sanatorio, sempre agitato, rumoreggiava senza tregua, con un sordo brontolio di collera rotto da scoppi impetuosi che facevano tremare tutto il fabbricato. Così per due mesi; notte e giorno, solo orizzonte le camerate piene di luce e di lamenti e la lunga fila di letti pieni di visi pallidi; così per due mesi, notte e giorno, non potendo prender più sonno dopo quel primo letargo affannoso, durato parecchi giorni. Grande era stato quell'inverno la mortalità nel ricovero: il suo vicino di destra se n'era andato lesto lesto, il quarto giorno dopo il suo arrivo, e Gianni aveva assistito nella febbre al breve viatico, all'agonia dolorosa, e si era svegliato nel cuor della notte, all'improvviso, quando due infermieri lo portavano via, avvolto nel lenzuolo, tenendolo uno per il capo, l'altro pe' piedi. Egli si era nascosto rabbrividendo sotto le lenzuola e aveva pianto di paura, come un bambino.

Così passarono molti giorni, senza ch'egli osasse più guardare il letto a lato, sinchè una mattina si sentì chiamare. Era il nuovo vicino, venuto nella notte ad occupare il letto lasciato vuoto da quell'altro. Anche questi non aveva un viso da tirarla molto alla lunga: aveva un volto affilato, coperto da una breve barba ispida, cresciuta durante la malattia, e due povere braccia livide e stecchite. Si lamentava sempre di un gran dolore «al respiro» e talvolta era preso da lunghe ore melanconiche nelle quali piangeva come un bambino, chiamando la madre. E Gianni guardava sbigottito quell'uomo di trentacinque anni che piangeva chiamando la madre.

Altre volte pareva più sollevato e parlava del sole, del sole della Riviera; a cui venivano mandati tutti dai più lontani paesi e che doveva guarirli. Ne parlavano tutti, di quel sole, come di un farmaco infallibile e buon amico. Avevano in esso una fede cieca, assoluta. E il buon sole, biondo e allegro, continuava a scherzare sulle grandi vetrate, sopra quel mare che non si vedeva ma che faceva sentire la sua voce forte in ogni ora del giorno e della notte.

Ma un mattino, verso i primi dell'aprile, alla visita, Gianni si sentì dire dal medico che poteva cominciare ad alzarsi e che presto sarebbe passato nel reparto dei convalescenti. Guariva! dunque era vero. E lo doveva al sole della Riviera, che Dio lo benedisse sempre. I primi passi li diresse verso la grande vetrata che per tanti giorni aveva avuto di faccia in fondo alla camerata e che tanto aveva studiato nelle lunghe ore di letto.

Ne conosceva ogni linea, ogni riflesso, ogni giuoco e ogni venatura dei vetri. Voleva salutare il sole, suo benefattore, e poi vedere il mare, quel mare sempre in collera che mai s'era taciuto, nè giorno nè notte, e che gli aveva dato tanto da fantasticare. E il mare gli apparì azzurro e sereno, una immensa distesa quieta che si confondeva col cielo. Esso veniva a lambire gli scogli su' quali s'alzava il Promontorio, con piccoli baci di spuma candida. Quello non era il mare che aveva sentito nell'affanno delle lunghe notti di febbre. Era un mare allegro, tutta luce e buone promesse. Era il fido compagno del sole – il buon sole che guariva tutti – e giocherellava con lui come due buoni amici che vanno d'accordo e che se la intendono bene.

La settimana dopo, come gli aveva promesso il dottore, passò nel reparto dei convalescenti. Qui cominciò a stare quasi bene. Non più lamenti, non più scoppi di tosse che schiantavano il petto, non più viatici e rantoli di moribondi. C'erano delle camerate grandi e spaziose, tutte aperte al sole e piene della voce e dell'odore fresco del mare. Poi c'era il giardino, grande e ricco di alberi, e tutto gaio di fiori anche, da cui, da sopra un muretto, si poteva vedere tutta la cittadina, piena di alberghi, di villette e di grandi parchi. V'eran anche una quantità di sedili di ferro bassi e quasi soffici.

Vi venivano pure le donne, le ricoverate dell'altro braccio del Sanatorio, il reparto femminile. Si era quasi allegri, laggiù. I convalescenti passavano le migliori ore della giornata nel giardino, sotto la cura del sole, il buon amico, e guardavano il mare che mandava loro il suo alito pieno di vita e di salute. E si facevano conoscenze e si stringevano amicizie.

Gianni aveva stretto relazione con un vecchietto, dalla pelle color d'ambra smorta, spedito da un pezzo e che da tre anni ch'era colà aspettava per turno l'autunno, l'inverno, la primavera e viceversa senza decidersi mai ad andarsene. Egli diceva ridendo ch'era colpa del sole, di quel buon sole della Riviera, che non gli permetteva di fargli torto e non lo lasciava spiccare il gran volo. Scherzava sul suo male e aveva fatto le sue abitudini nel Sanatorio: ci si trovava ormai come in casa sua. Sapeva tutto, era informato di quanto avveniva là dentro, istruiva i nuovi, li consigliava, godeva una certa confidenza da parte delle suore e riceveva contento gli scherzi degli infermieri.

Gianni lo ascoltava discorrere a lungo, guardando la bella cittadina tutta ridente di luci e fiorata di giardini che si profilava sotto di lui in pieno sole.

Tra le ricoverate aveva notato una biondina giovane che se ne moriva lentamente di mal sottile. Aveva le mani di cera, il volto affilato, due piccole orecchie color di cenere. Gianni aveva scoperto ch'era del suo stesso paese e le aveva rivolto la parola in dialetto. La biondina lo aveva guardato piacevolmente sorpresa, aveva risposto nello stesso dialetto e avevano fatto così amicizia. Si videro molte volte nel giardino, vicino al muretto che guardava su Nervi. Egli le aveva raccontato la sua storia ed ella la sua, e così avea saputo come s'era preso il male al petto che la teneva lì dentro dal marzo. Dunque erano venuti insieme al Sanatorio! Una combinazione: stesso male, stesso tempo e stesso paese! Era ben contento lui di averla conosciuta: in due si sarebbero fatti meglio coraggio e sarebbero guariti più presto, no? giacchè bisogna guarire, perdinci! alla barba di tutti quei visi pallidi che dicevano che là dentro non ci si veniva che per morire! Bisognava raccomandarsi al sole, quel buon sole amico dei malati che fidano in lui: esso non tradiva.

Lei ascoltava sorridendo: forse sperava anch'essa. Quanto a Gianni era sicuro di guarire: la primavera con tutto quel sole lo aveva rinforzato di molto, non sentiva più nessun dolore nel respirare. Ed ogni giorno che passava non mancava di far constatare alla sua amica le prove della salute che sentiva ritornare nel suo corpo e i progressi ch'egli trovava nel viso di lei, che secondo Gianni cominciava a rifiorire a meraviglia. Però uno, due, tre giorni di seguito ella mancò al solito ritrovo: Gianni s'informò e seppe che aveva avuta una ricaduta. Cominciò a sentirsi anche lui di nuovo male e per due giorni non si alzò da letto.

Ma un bel mattino finalmente la vide di nuovo in giardino più cerea e più affilata che mai. Egli le fu subito vicino. Era tanto contento e tanfo commosso che non seppe lì per lì che cosa dirle e rimase un bel pezzo a sorriderle come un ragazzo. Poi, per la prima volta, le prese una delle manine color di cera e diaccia diaccia e la guardò negli occhi, ne' poveri occhi, l'unica cosa che le fosse rimasto di ancor vivo nel volto.

– Sapeste! mi avete fatto una paura, non facendovi veder più, a quel modo, per tanto tempo!...

Ella arrossì tutta e si voltò a guardare la cittadina, senza rispondere e senza osare guardarlo più in viso.

Così egli ricominciò a sperare più che mai e fantasticare sopra i suoi sogni di guarigione. Intanto la primavera passò: poi anche l'estate se ne fuggì rapidamente e l'autunno giunse ben tosto e con l'autunno molti dei ricoverati si prepararono ad andarsene per lasciare il posto ai nuovi che l'inverno avrebbe cacciato a dozzine nei letti delle camerate. Molti visi pallidi cominciarono a mancare. Fu un autunno cattivo: il sole imbronciato parve essersi dimenticato dei suoi malati, che pur gli erano stati sempre fedeli, e si fece veder poco. Tante speranze tenacemente nutrite si dileguarono: e il grigiore del cielo autunnale, insolitamente fosco, cominciò ad invadere le camerate del grande Sanatorio,

Si sentivano tutti morire, uno alla volta.

Non si lamentavano, non si disperavano: non rimproveravano neppure il sole, il buon sole della Riviera, che mancava così alle sue promesse. Sapevano che era il loro destino; eran là dentro per quello: per morire uno dopo l'altro, per lasciare il posto a quelli che sarebbero venuti appresso a loro. Giacchè questo degli altri, che sarebbero venuti dopo s'era fatta come l'idea fissa di tutti que' ricoverati. – Se non ce n'andiamo noi, dove si metteranno i nuovi? – Così diceva ogni momento, con la sua tossetta secca, il vecchietto dalla pelle color d'ambra. – Il sole è stanco di noi: aspetta quegli altri per ritornar fuori! Ma lui intanto non se n'andava mai!...

Anche Gianni cominciò a sentirsi dolere il petto più forte e farsi più faticoso il respiro. I suoi sogni di guarigione che l'avevano tenuto così fiducioso tutta l'estate cominciarono a sfumare come tutti gli altri, ora che il sole non voleva più saperne di essi.

Solo quel vecchietto maligno non cambiava d'un pelo, con la sua vocetta secca e le mani grinzose e tremanti! La biondina veniva ancora: un giorno sì e parecchi altri no, sempre più diafana e cerea; parea diventasse più piccolina a vista d'occhio. E in cambio il suo sorriso era più dolce che mai.

Finalmente scoppiò una bufera di vento fredda e violenta che scosse tutto il Sanatorio e durò tre o quattro giorni empiendo le camerate di rantoli e di agonie; poi dopo la prima rabbia, il mal tempo cessò per incanto e ritornò a splendere il sole, limpido e caldo, per l'estate di San Martino.

E nel frattempo la biondina se n'era andata. Un mattino il vecchietto che s'ostinava a non voler morire e che sapeva tutto quanto accadeva nel ricovero, disse a Gianni:

– Sapete? quella ragazza del vostro paese?... è morta stanotte alle due.

Egli non rispose, ma ripensò a quel suo vicino avvolto nel lenzuolo e ai due infermieri che lo portavano via per la testa e pe' piedi. Era una giornata meravigliosa di serenità e di luce: il sole sfolgorava adesso. Dalla parte della passeggiata a mare veniva la musica dell'orchestrina che suonava un valzer allegro che la lontananza velava di una dolcezza languida. Il vecchietto color d'ambra batteva la cadenza col suo bastoncello sulla ghiaia del giardino.

Poi Gianni guardò in su, verso il sole; inutile ormai.

Quella sera nella cappelluccia del Sanatorio egli pregò a lungo. La stessa sera egli si mise a letto deciso a non rialzarsi più. E ripensò ancora a quel tale suo primo vicino di letto. E come quella notte, nascosto sotto le lenzuola, rabbrividì a lungo, ancora.

53

Conobbi Agata ed Agnese a Camogli, ove vivevano da sole, e voglio raccontarvi la semplice storia di queste due zitelle la cui ingenua verginità fu illuminata e cementata da un raggio di amore bizzarro e commovente.

Le credevano tutti due sorelle: ma in verità non erano nè meno cugine, nè la più lontana parentela le univa. Eppure vivevano, e avevano sempre vissuto insieme: e la comunanza di vita, da tempo immemorabile, avea siffattamente unificato il loro aspetto, l'avea rese sì somiglianti, meglio ancora così eguali in tutto, in ogni minimo particolare del viso, delle movenze e anche degli abiti che ognuno vedendole più che due sorelle le credeva due gemelle addirittura.

Agata e Agnese eran vecchissime: quanti anni? nessuno avrebbe potuto dirlo, forse neppur esse stesse lo sapevano con precisione. Il tempo era passato sopra di esse senza accorgersene soverchiamente, e avea avuto delle due amiche, così naturalmente e teneramente legate come da un mite destino inconsapevole, un certo cotal rispetto.

Erano vecchissime, ma non rugose; sul loro volto un poco legnoso persisteva un gentile incarnato verginale; gli occhi eran miti e sorridenti, e tutto il volto era animato da un timido sorriso di bontà e di naturale modestia.

Vestivano quasi sempre eguale, naturalmente; e abitavano la casetta di una di esse – si eran dimenticate quale delle due fosse la padrona! – una casetta piccolina, ma che era una meraviglia di pulizia e di compostezza. Due camerette linde da vecchie fanciulle, con bella e nitidissima biancheria, un poco antica com'esse, come del resto tutto era antico in quella piccola casa, così pura, così verginale, così assestata. Un salottino con le poltroncine color di rosa autunnale, e certe tendine a ricami che ora non costumano più in nessuna parte del mondo, e al muro fotografie di persone morte da cent'anni, che neppur esse ricordavan viventi, e vecchi ninnoli di altri tempi, e perfino certe scene carnevalesche che dovean esser state famose – ma che ora nessuno ricordava più.

Nella salettina da pranzo, minuscola, chiara, con un tavolinetto accostato al muro, per due persone, era un vecchissimo calendario: nessuno da anni ed anni lo avea sfogliato, e portava come ultima data: 15 settembre del 1862.

Avevano due armadi pieni delle loro cose. Certe vesti di seta nera, tutte nastri e fronzoli, tenute con somma cura: non un granello di polvere era sopra que' vecchi abiti, che sapevano di spigo e di canfora, ben piegati, assestati, e lucidi come nuovi, malgrado gli innumerevoli anni da che giacevano riparati in quel guardaroba. Li mettevano a Natale, a Pasqua, il giorno della loro festa, che andavano a messa ilari e felici come quando avevano quindici anni e già così andavano alla messa insieme, ridenti come due sorelline fresche, strette una all'altra che già fin d'allora, più che due amiche, le prendevano tutti per due gemelle.

Avevano anche certi loro scatoloni pieni zeppi di nastri, di vecchie penne, di fiori finti e di antichi veli. Erano il loro divertimento. Li aprivano insieme sorridenti, quasi beate, e li ripassavano con cura, togliendo loro ogni granello di polvere che vi si fosse infiltrato, con rispetto ed amore. Talvolta mentr'erano intente a questa bisogna si fermavano un poco e pensavano. A che? al loro passato? Ma se non ne avevano mai avuto passato, quelle due care creature! Pensavano a' loro bei giorni: bambine, fanciullette, ragazze, donne, e vecchie – sempre così, assettate, sorridenti, il lieve incarnato sulle gote sempre verginali, unite nell'immutabile loro affetto, due corpi con una sola anima mite, buona, un poco ingenua e felici della loro vita.

Qualche volta la loro piccola casa veniva invasa da un amico, vecchio anch'esso, naturalmente, ma alquanto più indietro ancora negli anni, rispetto ad esse. Questo amico appariva colossale là dentro, accanto alle due zitelle, così piccine, vicino a tutte quelle cose così minute. Era davvero colossale e pareva ingombrare ogni cantuccio: ogni suo movimento era come lo scuotersi di una cosa massiccia in mezzo a mille piccole cose fragili. Occupava tutto il salottino dai divani color di rosa autunnale, e non capiva nella saletta da pranzo.

Le due vecchiette erano felici di vederlo e andavano per lui a prendere certi vasetti di confettura confezionati con le loro mani, di cui il grosso amico appariva un po' ghiotto e che vuotava con pochi sorsi. Esse ridevano, beate, e gliene porgevano un altro, due, tre finchè egli ridendo, col suo vocione, diceva

– Basta, basta, mi farete scoppiare voi, belle mie!

Ed esse erano felici: gli occhietti brillavano loro in volto, l'incarnato si faceva più vivo, e volevano che lui, raccontasse loro le «notizie del mondo». E lui si metteva a raccontar loro queste famose notizie del mondo di fuori, da cui esse vivevano così lontane, e così felici d'esserne fuori.

Esse vedevano con tanta gioia questo loro grosso amico, perchè egli era stato... il loro grande ed unico amore.

***

Era cominciato quando lui aveva tredici anni ed esse... qualcosa di più. Egli era un bel ragazzo, roseo e biondo, e dimostrava non meno di sedici anni: forte, tarchiato, un poco chiassoso, e marinaio.

Poi lui era cresciuto ed era arrivato ai vent'anni: e con lui era nel cuore delle due ragazze cresciuta l'ammirazione, e con l'ammirazione era venuto l'amore.

Ma lo amavano tutte e due!...

E si volevano, fra di esse, tanto bene che l'una mai avrebbe potuto neppur pensare di poter sagrificare l'altra a proprio vantaggio.

Aveano così deciso di adorarselo insieme, senza speranza di una conclusione qualsiasi. Anzi quell'amore in comune era divenuta la loro gioia, era stato per esse fonte di sottili godimenti, di spirituali rapimenti che si confidavano, beate, insieme, e insieme assaporandosene la dolcezza e la poesia.

In tal modo quest'amore aveva raggiunto la più pura forma d'idealità, era, un complemento al loro affetto di amiche, un amore sopra un altro amore, che lo compendiava e lo rendeva più intenso. Era insomma un altro legame, di più venuto ad unirsi agli altri naturali per avvincere ancor più, s'era possibile, le loro miti anime fatte assolutamente l'una per l'altra.

***

S'era mai accorto il bel ragazzone dell'intenso e poetico amore da lui suscitato nelle sue due amiche? Forse sì, forse no. Certo che anch'egli si era sentito preso da esse ma non sapendo quale scegliere, fra

55

le due, era ricorso un giorno ad un ingenuo stragemma. Aveva nascosto nei loro due libri da messa –
uguali beninteso – due letterine, identiche: due dichiarazioni d'amore. Una delle due avrebbe risposto
– avea pensato il giovanotto – e quella lui avrebbe amato... Ma non avea preveduto che nessuna delle
due poteva rispondere: avrebbero dovuto rispondere ambedue insieme!... Ed egli, un poco vergognoso
dell'inutile passo fatto, avea ingoiato quello che lui avea creduto una disdetta e d'allora in poi aveva
smesso il pensiero di amare e di farsi amare da una delle due belle.

Ed era così rimasto semplicemente il loro buon amico.

Mai però avea saputo com'erano in realtà andate le cose. Le due ragazze, aveano trovata la lettera, se
l'eran letta insieme,– comunicandosela l'una con l'altra, ed eran rimaste più fisse che mai nel loro
ideale: era destino! Egli le amava tutte e due... esse dovevano tutt'e due amarlo insieme.

Il dichiararsi dell'una sarebbe stato l'abbandono dell'altra; era mai possibile questo?... Non era
possibile – e poi sarebbe stato rotto il raro e dolce incanto. Ambedue tacquero: e continuarono ad
amarlo in silenzio per tutta la loro vita.

Le due lettere furono conservate preziosamente, sotto i vecchi nastri e i pizzi della scatola, e se le
leggevano qualche volta, sorridenti e beate, con lo stesso sentimento e la stessa felicità con cui
spolveravano i vecchi nastri, i fiori, i veli che ricordavan, uno per uno, tutti i loro giorni passati...

Avvenne un giorno che una delle due ammalò: e fu Agata.

L'altra le si pose al fianco del letto e più non la lasciò. La malattia non fu lunga – e poichè più di
vecchi non si può venire – Agata morì in un bel pomeriggio di ottobre, mentre il sole rideva nella loro
casetta linda e quieta. Agnese che s'era appisolata un momento, si scosse ad un lieve gemito
dell'amica: si levò atterrita e la vide ansimare brevemente, accennando qualcosa ch'ella non capì. Le
parve volesse dirle qualcosa che s'era dimenticata... Tentò due o tre volte di muover le labbra, poi
abbandonò indietro la testa e ricadde: era morta.

Agnese volle esser sola a vestire e comporre per l'ultimo riposo la sua fida compagna di tanti, tanti
anni. La lavò, l'assettò cavò fuori la veste di seta nera e lucida dagli svolazzi e dai franzoli, quella
delle loro feste; andò a cercare nello scatolone il miglior velo e tutta bene, con infinita cura e amore,
l'acconciò per la sua ultima passeggiata.

Poi si fermò a riguardarla.

Era bella. Ma il volto dell'amica che più non era di questa terra avea un'espressione accorata, di
tristezza e di malcontento che mai Agnese le aveva veduto in vita. Due rughe amare le s'eran formate
sopra la bocca, le solcavano le gote, quasi ella volesse piangere, e la morte avesse fermato quel
desiderio di pianto con la sua rigidezza finale.

Agnese pensò.

Agata non se ne andava contenta. Perchè?... Ricordò che prima di morire avea accennato a dirle
qualcosa... ma non aveva potuto.

E pensò ancora.

A un tratto ebbe come un barlume di luce nella mente. Andò svelta a frugare nello scatolone, ne cavò in fretta la lettera dell'amato, e scoprendole un poco la veste nera sul petto gliela pose proprio sul cuore.

E allora rialzando gli occhi vide che il volto affilato dell'amica morta ebbe come un fuggevole sorriso e tosto si rasserenò.

Esso avea ripreso l'espressione buona e sorridente che sempre aveva serbato in sua vita.

E anche Agnese si rasserenò: e pensò che ora poteva prepararsi a morire anche lei, giacchè non era possibile che altro le rimanesse da fare, poichè Agata era morta.

– Io passo, voi lo sapete, fra' miei amici per l'uomo più sano e più equilibrato della terra. Davanti al mio tavolo da lavoro io sono il lavoratore più calmo e sereno: quando ho in bocca una buona sigaretta, un bel libro fra le mani, un bel fiore sulla caraffa che tengo costantemente sulla mia scrivania, io ho, dicon sempre i miei amici, l'aspetto più completo di uomo felice. La mia bionda testa di bel giovane (so anche di essere un bel giovane, e non trovo la ragione di tacerlo per una stupida quanto inverosimile modestia) pare fatta apposta per dar assoluta ragione a' miei cari amici quando dicono: «Ecco un uomo che sa assaporare la vita in tutta la sua più cara e dolce pienezza».

Eppure, debbo dirlo? Non è, proprio, precisamente così. No. Anche in me v'è la solita seconda anima che molto spesso si diverte a tormentarmi acerbamente. Giacchè lo sapete ben tutti che in noi sono due anime: una, la ragionevole, quella che ci aiuta a vivere; l'altra, quasi sempre di umore opposto alla prima, che bene spesso ci fa commetter delle pazzie. Questo ormai, è noto, ammesso, indiscutibile. Non c'è uomo sulla terra per ricco, povero, geniale, cretino che sia, che non alberghi entro di sè queste due anime quasi sempre in contrasto fra di loro. Ebbene, anche a me, molto spesso, una delle due mie anime – l'altra – mi fa de' tiri più o meno bizzarri.

Una, quella che mi dà l'aria beata e da filosofo epicureo, che mi fa simpatico agli uomini e aiuta i miei buoni affari, si mette a sonnecchiare: ed ecco subito l'altra che come un'aquila grifagna, dalle penne aguzze e dagli artigli adunchi, piglia il volo. Il mio corpo si contrae; il volto mi divien pallido, gli occhi inquieti; una corrente nervosa squassa tutto il mio essere, il cuore batte in tumulto, il sangue s'alza in tempesta... e a me sembra morire.

Gli amici dicon che sono un nevrastenico: ma io invece sento la presenza dentro di me di quest'altra anima che si sveglia a tumulto quando la prima, la solita, sonnecchia; e, unico mezzo per salvarmi, fuggire da' luoghi a me solitamente abituali e davanti ad altri orizzonti sfogare come posso, folleggiando, imprecando, ridendo o spasimando la convulsione che la second'anima inquieta ha messo entro tutto il mio essere.

Sentite ciò che m'accadde non saran due settimane ancora.

Ero a tavolino, tranquillo, che leggevo una lettera di un amico, quando una smania, un fastidio, una frenesia di alzarmi e di fuggire mi fe' avvertito che la second'anima si stava svegliando.

M'alzai, uscii, vidi il tram della Riviera, vi saltai sopra e respirai. Era una giornata inquieta come il mio animo e quale ve ne son tante in Liguria: delle grandi nuvole che correvano all'impazzata nell'azzurro, qualche sprazzo di sole, un vento pieno d'effluvi di mare e di polvere in abbondanza.

Il tram correva: da una parte era il mare tutt'azzurro e spumoso (ogni tratto erano certi scogli neri e dirupati che finivan in ischeggie nell'onda violacea) dall'altra gli oleandri e gli aranci che fuggivano squassati dal vento. Il mio cuore batteva e l'anima inquieta mi faceva tremare i polsi.

Il tram passò davanti a Nervi. Nervi dai giardini tutti in fiore, sempre in fiore: Nervi piena di palazzine, di pensions eleganti, di inglesi tisici e di tedeschi panciuti. Nervi, angolo di verde e di mare, dove tanto spesso sono andato a portare le mie frenesie passeggere.

Saltai giù dal tram e presi per una delle viuzze misteriose, sepolte tra le alte muraglie delle ville, che conducono al mare. Quivi corre la cosidetta passeggiata sugli scogli: una stradetta tortuosa e accidentata, tutta fatta sui dirupi, ora quasi a livello dell'acqua, ora altissima su di essa.

Quel giorno il mare era in collera, come il mio essere: il suo azzurro intenso veniva crepato, all'improvviso, da larghe ferite che spumeggiavan subito di neve bianchissima e lucente pe' mille guizzi. Il cielo in alto era tutto grigio, solcato da fenditure di sole: e certi gabbiani bianchi, dalle larghe ali aperte, sfioravan col petto, con voluttà, le creste delle ondate, tuffando il becco in quel ribollìo per cavarne i disgraziati pesciolini sballottati nella spuma candida. Non so perchè ricordai i primi versi d'una strana poesia di Heine, dove dice del mare, delle nuvole; della vita e della sua inutilità.

Stavo mormorandoli, quando voltandomi (ero appoggiato alla breve ringhiera di ferro ch'è sopra il precipizio) vidi poco lungi da me un bellissimo volto che, avendo certamente sentito i versi, mi osservava attentamente e con una certa simpatica curiosità.

Il volto, come ho detto, era bellissimo, fresco e giovanile: gli occhi indimenticabili, la bocca piena di mistero. Un'aureola di capelli biondi coronava quella bella testa, posata sopra un'alta personcina snella ed elegantissima. Una miss, od una fraulein, certamente, delle infinite che vengono a svernare nel delizioso cantuccio di riviera. Cioè, delle solite, no. Era troppo bella perchè la parola solita si potesse in qualsiasi modo adattare a lei.

La guardai intensamente: e la bellissima accettò serena e cortese l'intenso omaggio che tutto il mio essere palesò a lei col mio sguardo.

Poichè ella era poco lontana da me osai rivolgerle la parola.

– Come è bello! – esclamai, accennandole con la mano quel mare agitato e spumeggiante.

Ella sorrise divinamente e mi rispose con una favella a me assolutamente ignota.

Ma capii che doveva parlarmi di quel mare e di quel cielo heiniano.

Allora io, sempre rivolgendomi a lei e al mare, presi a parlarle in italiano. Che cosa le dissi? non lo so. Uno strano estro mi accendeva di parlare: le parole mi sgorgavano facili e scelte, il periodo mi si formava melodioso, il pensiero s'alzava agile e fiorito come un canto – e la bella straniera mi ascoltava rapita, con un lieve sorriso sulla bocca bellissima, piena di mistero. Io parlava, parlava: e nella loquela che naturale mi sgorgava dal cuore si andava acquietando il tumulto di poc'anzi. Io parlava, parlava: ed ella ascoltava, sorridente e commossa, una gentil fiamma ne' begli occhi indimenticabili. Eppure io sentiva ch'ella non comprendeva una parola di tutte quelle ch'io gittava là, al suo orecchio, al vento pieno di salsedine e al mare agitato... Ella non poteva comprendere le mie parole, come io non aveva comprese le sue, della sua lingua a me ignota.

Eppure io continuava a parlare, sentendo che qualcosa di me, della mia anima pur penetrava nella sua, in quello strano momento d'intimità, lì, fra cielo, scogli, vento e mare.

Quando mi fermai un momento, ella mormorò, in uno strano italiano, questa volta, pieno d'inflessioni esotiche e di graziosissime sfumature di pronuncia a me ignote:

– Quanta bella musica!

Poi come presa da un pensiero ella si volse e mi disse:

– Venite un poco con me.

Sorpreso e alquanto indeciso la seguii.

Ella mi condusse presso una delle villette sul mare, ne aprì il cancello nascosto fra le rose e i carpini, mi fe' attraversare un breve cortiletto ingombro di dracene, di clematidi e di passiflore, e mi fe' entrare in una saletta ove una vecchia signora, seduta sur una poltroncina, mi guardò un poco meravigliata. La vecchia signora aveva un viso bianco, i capelli di neve e un sorriso dolcissimo e buono che la illuminava tutta. Al suo sguardo stupito e interrogativo la fanciulla rispose con alcune parole della sua lingua a me sconosciuta, alle quali la vecchia sorrise alquanto e mi salutò.

Poi la strana creatura staccò dalla parete un violino, l'accordò brevemente, e volta a me ripetè nel suo bizzarro italiano

– Venite con me.

Aperse un balcone e apparve di nuovo il mare. Ella uscì sulla loggetta, che dava a picco sugli scogli, ed io la seguii.

Ed ella prese a suonare.

Suonò, suonò, una musica strana, dolcissima a volte e tutta scatti all'improvviso e arabeschi bizzarri. Mai io aveva sentito musica simile. Pensai per un momento a Niels Gade, il norvegese appassionato e fantastico, ma quella non era la musica di Niels Gade.

Ella suonava guardando il mare e io l'ascoltava rapito.

In quella sua voce, parlata per mezzo del violino, c'eran carezze, fremiti, singulti, gemiti, rotti a tratti da pazzi scoppi di risa giovanili.

E il suo viso accompagnava il discorso del suo violino. Ora s'empieva di sorriso, ora si contraeva per le lagrime: ora luminoso e beato, ora livido e truce.

Suonò, suonò... quanto suonò? Non saprei dirlo.

Il mare, sotto, che s'era fatto più agitato, accompagnava il suo canto.

A un tratto, con uno strappo di tutte le quattro corde, finì.

Mi prese la mano e con una fresca risata mi disse in francese

– Ora vi ho parlato anch'io,– come poco fa voi, con la mia musica. Non so però se la mia musica valga quella della vostra meravigliosa favella. Ed ora potete andare. Addio.

Rientrò nella salettina, ove la vecchia signora, bianca e pallida, ci accolse di nuovo col suo buon sorriso.

La fanciulla mi strinse ancora la mano, forte, all'inglese:

– Addio, addio, andate ora.

E gentilmente mi sospinse pel cortiletto fino al cancello quasi sepolto fra le rose ed i carpini.

Prima che il cancelletto si richiudesse dietro di lei, ebbi il tempo di dirle ancora, in tono di affannosa preghiera:

– Vi prego, ditemi il vostro nome, almeno.

– Viviana, – ella esclamò, e con l'ultimo guizzo del suo sorriso chiuse il cancello.

Naturalmente, amici miei, non l'ho riveduta mai più, e la mia anima – quella strana – me la rievoca, talvolta, ne' suoi momenti di bizzarria.

Il morto Cantiere, era in piena attività – un vulcano di ferro e fuoco – nel '45. Vi si agitavano, allora, tra le vampe ardenti, il cigolar delle ruote, il frastuono infernale de' congegni e delle ferramenta, più di mille operai, pari a spettri seminudi, gocciolanti sudore. Il ferro arrubinato, la ghisa fusa dai bagliori fantastici e solfurei correva giorno e notte, a torrenti, dai forni della fonderia, e dalle fucine martellanti...

Ora, da dodici anni, il grande Cantiere è morto. I forni sono stati spenti, le vampe sono scomparse su per le gole annerite delle ampie caminiere, le ruote si sono arrestate, i volanti si sono immobilizzati; l'ultima ghisa uscita dai forni è rimasta a terra, gelida e morta, e tutti i mille spettri che già, come in una bolgia, si agitavano in quello che fu un inferno di ferro e di fuoco, sono tutti scomparsi, ingoiati qua e là da altre bolgie, da altri inferni...

Non tutti, veramente, però.

Uno solo, di essi, vigile e devoto, è rimasto.

Un vecchio guardiano, taciturno e malinconico, restato a guardia di quei ruderi di ferro di una vita fragorosa che fu. Egli vi passa le notti e le giornate intere, vagolando qua e là, seguito da due brutti mastini, suoi unici compagni di guardia al vecchio mondo morto, due brutti mastini che il silenzio e la solitudine han ridotti di una ferocia terribile. Egli vagola qua e là, pel vasto Cantiere, con una lanterna ad olio, nella notte, onde sorvegliare che nessun ladro – in questi nostri grandi centri di lavoro son troppo frequenti questi signori! – penetri nel silenzioso mondo abbandonato, per rubare la vecchia ghisa e i pezzi ancor buoni delle macchine dormenti.... Fu egli che mi guidò, l'altra sera, nella visita fantastica al vecchio Cantiere morto. Io lo osservava, davanti a me, avvolto in un antico scialle, senza colore, che gli serve per la notte, con in mano la sua fumosa lanterna ad olio, avanzante come un'ombra sul terriccio nero ed umido dell'immenso Cantiere addormentato. Il suo volto rugoso era pieno di peli grigi: gli occhi, a pena aperti, parean pieni di sonno, del sonno generale che imperava là dentro, che tutto s'era presa la vita di quegli enormi congegni giacenti e arrugginiti. Una figura strana e lontana da noi: lo spirito sintetizzato e raccolto, forse, nel vecchio operaio sonnacchioso, dei fragorosi e fiammeggianti spiriti che aveva animato un giorno que' colossi di ferro, vomitanti fiamme e faville...

***

Ed io, seguendo l'oscillante lampada del vecchio guardiano, m'aggirai tra quei mostri di ferro dormenti. Le grandi antenne arrugginite pendevano dalla nera tettoia; le già potenti motrici gettavano in alto certi loro assi smisurati; volanti colossali librati in aria, nell'immobilità rigida della sera, parean per una strana illusione rotare vertiginosamente, tanto da non percepirne più il movimento. La lampada del guardiano stampava qua e là, in quel regno del silenzio e della ruggine, lunghe chiazze di luce sfuggente, rivelando forme strane e bizzarre, sempre nuovi mostri giacenti, blocchi metallici coperti di paurose muffe. Ma quello che più m'impressionava erano le grandi macchine... Erano veri mostri immensi, dagli stantuffi colossali, piedi di ruote, di valvole, di sfogatoi inverosimili: tutte macchine d'antico modello, ora scomparse dall'uso, uccise dalle nuove perfezionate.

Pareva che que' nostri nonni meccanici e macchinisti, impressionati dalla potenza per loro nuova e terribile del vapore, sentissero il bisogno di tenerla prigioniera, personificarla, direi quasi, in forme grandiose e colossali, talvolta esagerate perfino e grottesche. Noi abituati ai nostri congegni moderni, agili e precisi, dalle forme minute e tenacissime che può assumere oggi il nostro acciaio moderno, pari a delicati congegni di orologeria, noi ridiamo di que' faragginosi macchinari de' nostri nonni, tutto ferro massiccio, dai fianchi poderosi di giganti tutto fumo e rumore... Non so perchè mi veniva fatto di pensare a certi guerrieri antichi, colossali nelle loro armature di ferro, dagli smisurati spadoni e dalle lance che toccavano il cielo. Mentre il nostro fantaccino è agile e minuscolo, ma armato del terribile fucile moderno...

Così, que' poveri mostri morti! Vedevo giacenti delle locomobili di forme bizzarre, lunghe sei, otto, dieci metri; stantuffi staccati e dormenti nel terriccio, al cui pari quelli de' moderni motori tutta forza e resistenza, sembran ninnoli in miniatura; ruote ferrate per cui occorrono dieci uomini a sollevarle, bracci metallici che si portavan via tonnellate di ferro... E tutto questo ferro, questi congegni mostruosi, quelle ruote dentate aveano pur avuto un'anima un giorno: un'anima fragorosa e sibilante, un'anima di fuoco che aveva fatto tremare quelle volte, que' muri, quelle tettoie annerite di fuliggine. E quell'anima era stata tenuta viva da vulcani di fuoco e di vampe, e avea prodotto torrenti di lave incandescenti, di cui io calcava ancora le ultime scorie sotto i piedi, nel fango umido per l'abbandono che formava ora il pavimento del vecchio Cantiere.

Migliaia di operai neri e sudanti avevan dato alimento, giorno e notte, a questi esseri tutti palpiti poderosi e frastuono. E adesso non sono altro che inutili cadaveri, rosi lentamente dal tarlo del ferro, che è la ruggine rossastra, che mangia lentamente le fibre più compatte e resistenti. E il Cantiere n'era il cimitero – vasto cimitero che aveva, nella notte, qualcosa di più sinistro e grandioso che non quello degli uomini – poichè in quello degli uomini noi pensiamo sempre, anche dubitando, che ivi è raccolta solo una parte dell'essere che fu, il solo corpo, mentre, certo, l'anima è altrove. Invece, in quel cimitero di ferro, noi riflettiamo che tutto di que' giganti giacenti è lì, irrigidito per sempre: l'anima e il corpo...

Poi che la serva di Don Pietro, fattasi quietamente alla porta dello studio, ebbe sentito che i due preti non parlavano più, socchiuse l'uscio, mise discretamente la testa dentro e domandò al padrone:

– Dove devo preparare il letto per don Mauro?

Don Pietro, dopo averci pensato un poco su, le rispose:

– Nella stanzina presso la camera dei libri... – (don Pietro, come si vede, non aveva il coraggio di chiamarla «biblioteca» e n'avea le sue buone ragioni). – Là don Mauro si troverà bene... avrà di che leggere, quando tarderà a pigliar sonno.

– Del resto – aggiunse ancora rivolto alla donna – del resto il nostro caro don Mauro lo sa bene che dovrà adattarsi...

– Oh, don Mauro – notò la loquacissima serva – conosce bene il luogo!... luogo santo, sì, è vero, sia detto con tutta la venerazione per San Fabiano, nostro protettore, ma tutto sassi, con cielo sopra e mare sotto... sassi, cielo e mare, sì, quanto ne vuole, ma niente di più!...

Don Mauro dal troppo, per lui, capace seggiolone ov'era a mezzo sepolto, protestò vivamente col suo sorriso di pretino timido alle parole della verbosa Perpetua.

Don Pietro, allora, fatto cenno alla sua serva che li lasciasse tranquilli, si rimise a frugare in un certo suo scartafaccio che avea davanti, sul tavolo.

La serva, prima di ritirare la testa, data una rapida occhiata al genere di carte che il suo padrone stava cavando fuori dal ventre prominente dello scartafaccio, fece un comico e significativo gesto a don Mauro che questi subito perfettamente interpretò: «Siamo allo scartafaccio? oh, povero don Mauro! sta fresco davvero adesso! per un buon paio d'orette non la scappa più!»

Nello studiolo quieto i due preti rimasero di nuovo soli, La modesta cameretta di don Pietro, che gli serviva da studio, era in quel momento illuminata soltanto dalla luce scolorita che il triste tramonto d'una giornata senza sole mandava sino al buon prete per il mezzo della unica finestra dai vetri appannati, malgrado, le solerti cure della serva, per inesorabile vecchiaia.

Don Pietro sedeva al suo tavolo, sotto il grande crocifisso di legno nero, su cui il Redentore di osso ingiallito minacciava liberarsi da un momento all'altro dalle viti ormai consunte dalla ruggine per venir a cadere sulla testa del suo parroco che si occupava un po' troppo delle cartacce d'altri tempi. Davanti a lui, difatti, sul tavolo non v'eran che di queste cartacce gialle e libracci legati in pergamena e mangiati dalla polvere e da parecchie generazioni di tarli. La sua alta, ossuta figura, tutta nervi, e la sua testa tutta bianca ma giovanilmente eretta, contrastavan singolarmente con la testina piccola e nera e la personcina umile dell'abatino, del tutto sepolto ormai nella troppo ampia poltrona ove lo aveva inchiodato don Pietro per farlo partecipe della strana idea che gli s'era fitta in capo consultando un certo vecchio manoscritto che ora aveva cavato fuori per farlo vedere a don Mauro – lo stesso scartafaccio che aveva suscitato la pietosa mimica della serva.

Don Mauro, il giovane abate, era venuto a passare una settimana di pace e di quiete spirituale a San Fabiano, la romita cura di don Pietro, il dotto ma un po' bizzarro sacerdote, di cui l'abatino ammirava sin da' primi suoi anni di vocazione la fede profonda e illimitata e di cui paventava lo spirito originale e strano, pieno di scappate improvvise e inquietanti per l'anima quietissima del giovane prete.

Però egli amava sinceramente don Pietro, e rompeva volentieri, quando lo poteva, la vita suo malgrado romorosa della grande città ove era destinato a vivere contro la sua inclinazione, con qualche giorno di vera quiete nel caro romitorio di don Pietro.

Quel San Fabiano... oh, quello sì che sarebbe stato il suo ideale! Una Cura di un paio di migliaia di anime, tutti contadini e pescatori, che si spargevano pei campi tutto il giorno o prendevano il largo in mare il mattino all'alba per tornare la sera, dalla pesca!

San Fabiano era un vecchio oratorio sulla cima di una di quelle ripide colline liguri, che scendono giù diritte sino al mare: una specie di Faro benedetto che i pescatori della riviera venerano per i miracoli compiuti dal Santo dalla vetta dominante il mare col suo lumicino sempre acceso, per una vecchia tradizione rispettata. E quante storie quell'oratorio campato là in alto, tra i due azzurri, e quel lumicino vivido nella notte!... Lo scartafaccio che stava sfogliando don Pietro in quel momento ne sapeva qualcosa.

– Ecco qua, ecco qua... eureka! – prese a cantare il vecchio prete fermandosi ad una pagina del decrepito manoscritto – ecco qua il fatto nostro, caro don Mauro. Sentite.

E don Pietro prese a leggere.

Era l'originale narrazione di uno dei tanti miracoli, che si somigliavan quasi tutti, compiuti dall'Oratorio: scritto in un volgare grosso del decimosesto secolo. Si trattava di una vecchia cronaca della chiesa scritta con molta pazienza e molti strafalcioni da qualche vecchio priore dell'Oratorio, il quale nella sua infinita modestia s'era dimenticato di ricordare sullo scartafaccio il suo nome e la data, oltre a varie altre piccole dimenticanze grammaticali.

Il buon prete cronista dopo una divota e fervente invocazione celeste veniva a narrare come e qualmente in una tenebrosa notte del gennaio – in quale sicuro anno del millecinquecento ei non precisava – sendosi scatenata una «horribile e furiosissima tempesta» sì che pareva «tutte le demonia si fossero scatenate» una povera barca che in alto mare ne andava, colta allo improvviso da una raffica più furiosa delle altre «haveva perduto ogni governo d'huomo et era ormai nelle sole mani di Dio» e correva all'impazzata in alto mare, nella nebbia nera che faceva un buio sì fitto che nulla poteasi scorgere a due dita dal volto. Erano nella barca, oltre il navicellaio nativo de' dintorni di San Fabiano, un altro marinaio, un giovane mozzo quindicenne «et un rinomatissimo dipintore ch'aveva nome Pierino del Vaga» i quali assistevan così, tremanti e bagnati dalle onde e dalla pioggia diacciata, alla corsa in perdizione della misera loro navicella. Invano il navicellaio, ritto a prua, cercava con gli occhi nel buio fitto un lume, un chiarore qualsiasi che gli potesse dare indizio di spiaggia, e del dove «le demonia» li conducessero, per i loro peccati, a finire così a precipizio. Ma nulla: nient'altro che il fitto nebbione maledetto che tutto copriva col suo infernale nerume. Il navicellaio con i suoi compagni pensò che unica cosa ormai che rimanesse a fare era raccomandare l'anima a Dio: e divotamente si segnò e cominciò a recitare le sue preghiere.

In quel momento il pittore «anima divotissima» ebbe un'inspirazione. Ritto in piedi in mezzo alla barca, senza berretto, portatogli via da uno sbruffo di vento, bagnato dalla testa ai piedi, egli innalzò in cuor suo una ardentissima preghiera a Dio, facendo voto che se lo avesse tratto da quel mortale periglio egli avrebbe dipinto a sua maggiore gloria il più bel dipinto di sua vita.

Proprio in quell'istante il navicellaio scorge un lume; un lumicino velato dalla nebbia, che solo al suo occhio esperto ed esercitato non può sfuggire. – Ma è il lume di San Fabiano! – grida egli che ha riconosciuto il luogo. Dopo cinque minuti la barca entrava nella rada: era salva. I quattro scampati si recarono subito all'Oratorio a ringraziare il Santo dello scampato pericolo; quindi il pittore allogatosi nella foresteria dell'Oratorio si accinse a mantenere il voto fatto in quella notte tremenda; difatti dipinse un bel gonfalone con il Santo in gloria: lavoro reputato preziosissimo e con grande cura venerato tutt'ora.

– Ma non basta – proseguì a questo punto don Pietro – Pierin del Vaga non si contentò di dipingere in onore di San Fabiano il bellissimo gonfalone: donò anche alla chiesa un'altra minutissima e preziosa sua opera. Dipinse cioè alla maniera dei trecentisti la coperta del messale della chiesa: ed eccone qua la descrizione.

Dalla lettura della descrizione risultò a don Mauro come qualmente la miniatura del devoto e rinomato pittore dovesse essere veramente un'opera pregevole e rara.

– Ora – rispose don Pietro –questa coperta di messale qua nell'Oratorio non esiste più: ne ho fatta ricerca da per tutto, ho rovistato ogni angolo, in ogni stanzino, in ogni buco: non c'è veramente, è proprio scomparso. Ora io voglio ritrovare questo tesoro perduto e restituirlo all'Oratorio.

E guardò con occhi sfavillanti l'abatino.

– Aveste per caso qualche traccia?... – chiese costui, tanto per dir qualcosa.

– Sul dove poterlo trovare, volete dire, don Mauro?... Sì e no. Cioè, ecco, io suppongo che tanto lontano da qui, da questi paraggi, non debba trovarsi certamente...

E qua spiegò come si fosse fitto nella sua mente il dubbio che il tesoro sottratto, come e quando non si poteva sapere, a San Fabiano dovesse trovarsi discosto, in un famoso convento di benedettini bianchi, il cui maestoso convento, assai noto in Liguria anche per soggiorno di re storici, si scorgeva distintamente dalla povera collinetta dell'Oratorio, tutta «sassi, mare e cielo». Ma que' frati avevano molta gelosa cura nel tener celati i loro tesori, e a don Pietro non era stato possibile in alcun modo penetrare sin là dentro ove il mistero, secondo lui, doveva celarsi.

Ma prima o poi sperava riuscire, e San Fabiano avrebbe riavuto il suo Messale!... E avrebbe fatto la luminaria, per l'occasione; Anzi, lo prometteva sin d'ora solennemente all'amico don Mauro.

E a questo punto don Pietro si alzò e disse allegro:

– Andiamo dunque a pranzo, mio caro don Mauro.

***

Il pranzo trascorse lieto, cordiale e come tutti i pranzi di don Pietro parco e frugale. L'unico lusso che il priore di San Fabiano si concesse quella sera in onore dell'ospite fu una veneranda bottiglia che recava su le spalle alta un dito la stessa polvere all'incirca che rendea prezioso il cinquecentista scartafaccio prediletto da don Pietro.

Poi siccome la notte era calata rapidamente e don Mauro dovea esser stanco pel viaggio, il priore accompagnò l'abatino nella cameretta preparatagli dalla loquace servente. Per recarsi in essa i due preti dovettero attraversare la famosa «camera dei libri» come soleva chiamarla don Pietro. In questo vasto stanzone, senza mobile alcuno, dormivano alla rinfusa per terra, accatastati e polverosi, i vecchi libri della già Biblioteca dell'Oratorio, crollata un bel giorno per vetustà, oltre i nuovi che i predecessori di don Pietro avevano accumulato per conto loro. E qui il priore si credette in dovere di far noto a don Mauro come il suo venerando predecessore, un sant'uomo sì, ma un tantino bizzarro, aveva una sola grande debolezza: i libri antichi. E questa sua passione la rivolgeva a qualunque genere di libri, purchè fossero veramente antichi e di costo: il sant'uomo passava sopra al contenente purchè il contenuto recasse una data preziosa e una firma di stampatore autorevole. Perciò in quella catasta di libri da lui lasciata don Pietro aveva scoperto molti tomi che, s'erano rispettabili per vecchiaia, non lo erano certo per modestia e pudicizia cristiana: parecchi anzi, a dire il vero, erano tutt'altro che adatti ad essere ospitati nelle sante mura di un Oratorio come quello. Ed accennò in particolar modo ad una certa (assai rinomata tra i bibliofili) edizione di ser Giovanni Boccaccio...

– Un libro dannato, quello! stesse attento don Mauro a non lasciarselo venire inavvertitamente fra' piedi. Il libro del diavolo!...

E spiegò come ad esso fossero legate sei tavole a matita, originali, molto di valore per quanto d'ignoto autore, ma spaventosamente... senza pudore. Era meglio non parlarne troppo – concluse don Pietro. E dicendo queste parole aveva un sorrisetto un po' arguto sulle labbra sì che il timido don Mauro, un poco confuso, dovette senza volerlo abbassare gli occhi.

– Buon riposo, dunque, don Mauro! e il Signore sia con voi – si licenziò don Pietro e lo lasciò solo nell'angusta cameretta.

Don Mauro dette un'occhiata intorno e convenne subito che la loquace servente del priore aveva fatto del suo meglio per cercar di rendere il meno possibile disagevole il bugigattolo che il buon don Pietro nella modestia grande del povero Oratorio, gli avea destinata come camera di riposo. Vide a fianco del letticciuolo, un vecchio inginocchiatoio, ragionevolmente tarlato, con suvvi un bel Cristo in osso del secolo passato. Don Mauro vi s'inginocchiò e recitò le sue preci. Poi levatosi, prima di coricarsi, si fece alla finestra dai cui vetri senza imposte egli intravedeva vagamente, nella notte, il mare. Si affacciò. La nuvolaglia che aveva fatto triste il tramonto s'era dissipata e don Mauro sprofondando lo sguardo in basso, giù pel dirupo sassoso che erto e selvaggio precipitava alla spiaggia, si vide davanti sino all'orizzonte la distesa susurrante del mare. Il cielo nero scintillava di stelle e la distesa tranquilla piena di indistinti luccicori mandava sino a lui, con la leggera brezza notturna, il suo alito salino.

E don Mauro ristette rapito, davanti allo spettacolo quieto e solenne, godendo tutta la dolcezza e la commozione, che nella mite sua anima religiosa, diffondeva quel quadro per lui insolito. E il suo pensiero salì a Dio...

Chiusa la finestra in breve fu nel lettuccio. Ma il sonno tardava a venire. I pensieri, le imagini che sino a quel momento aveano colpito il suo cuore persistevano vivaci nella sua mente e gl'impedivano di prender sonno. Passò una mezz'ora così, voltandosi e rivoltandosi nel letticciuolo finchè, convintosi che il sonno per allora non accennava in alcun modo di volerlo accogliere fra le sue braccia, riaccese la lampada. E pensò, per distrarre e stancare la mente, di prendere qualcosa da leggere nella famosa catasta di libri del vicino stanzone.

La sua apparizione nella bolgia dei vecchi libracci cagionò una precipitosa fuga di minuscole creature brune e stupite che prima d'imbucarsi si fermavano un istante, figgendo i loro avidi e spauriti occhietti sulla inaspettata visione venuta a turbare le loro consuete notturne operazioni. Don Mauro prese dalla catasta, a caso, due vecchi tomi rilegati in pergamena e se ne tornò al letticciuolo.

Cominciò ad aprire uno dei vecchi libri, il più piccolo, e lesse: «Le Sette Trombe per isvegliare il Peccatore a penitenza et il di lui conforto per rallegrarlo dallo spaventevole suono di esse... In Lucca, per i Marescandoli, 1707». Lo chiude tosto ed apre il libraccio. Scorre alcune pagine: avvicina bene gli occhi, se li stropiccia, volta un'altra pagina e vede...

– Gesummaria! – grida sbigottito.

Corre al frontispizio e legge: «Il Decameron sì come lo diedero alle stampe, ecc... ecc.» Il dannato libro di cui gli ha parlato don Pietro!... Evidentemente era un tiro del diavolo. Don Mauro apre le dita, lascia cadere il diabolico volume il quale va a rotolare pesantemente sino nel mezzo della stanzuccia. Don Mauro rimane alquanto perplesso e, in fondo, spiacevolmente seccato dalla noiosa combinazione: poi pensa che è meglio riportare subito l'infame libro dove lo ha preso (gli appare come un lampo l'arguto sorriso sulle labbra di don Pietro) perchè nessuno venga a sapere della curiosa avventura.

Si alza, raccatta il libraccio e... all'incerto chiarore della lampada egli scorge uno strappo (forse fattosi cadendo) sulla pergamena della coperta del libro: sotto lo strappo, come un rapido guizzo improvviso colpisce i suoi occhi... Accosta il libro al lume. Don Mauro si guarda intorno quasi per accertarsi che è ben solo. Possibile? è un sogno? un'illusione? un altro tiro del demonio?

Quasi senza volerlo slarga febbrilmente lo strappo, porta via d'un pezzo l'intero foglio di pergamena che ricopre lo spesso cartone della coperta... E getta un grido. Nitido, fresco, meraviglioso nel suo oro e nelle sue vivide tinte appare un piccolo capolavoro di colori e di luci: una miniatura.

– Gran Dio! – e don Mauro alza gli occhi al cielo: è la scoperta del Messale del Pierin del Vaga, la fissazione, il sogno di don Pietro!...

***

Riavutosi dalla sorpresa l'abate pensa alla maravigliosa stranezza, del caso. Come mai tanto tesoro è andato a finire sotto la copertina d'un tal libro scomunicato? Evidentemente questo fatto ha una storia: forse è lo stratagemma di qualche vecchio priore dell'Oratorio per sottrarre il tesoro dalle rapaci mani di qualcheduno che minacciava trafugarlo... Non può essere che così. Ma intanto un fatto è certo: egli, don Mauro, è riuscito a scoprire ciò che 'l buon don Pietro da tanto tempo si affannava invano a cercare! Come sarà felice domani, don Pietro, quando saprà della meravigliosa scoperta!...

Don Mauro nella sua gioia è però colpito all'improvviso da un'idea: una rapida, triste, maligna idea. Per far noto a Don Pietro la sua scoperta dovrà pur presentargli il libraccio, il Boccaccio con le sue scomunicate figure, su cui la miniatura è fortemente unita, e dalla quale non si può separare, per non sciuparla, senza un lungo e delicato lavoro. E don Mauro rivede l'arguto sorriso del bizzarro suo superiore.

– Un libro dannato, don Mauro! statevi attento che non vi venga tra' piedi: un libro dannato!...

Le parole di don Pietro gli risuonano chiare e beffarde all'orecchio.

Come fare a dirgli il modo non cercato con cui gli è, appunto e per fortuna, venuto tra' piedi?... Egli non lo crederà, in cuor suo, e penserà...

68

Ahimè! don Mauro n'è tutto turbato. Che fare?... Gettare di nuovo il libro nella catasta e lasciare che lui, don Pietro, venga a fare, quando capiterà, la preziosa scoperta?... Ah, no! perchè togliergli quella felicità così vicina, così immediata?...

Don Mauro si volge e rivolge sul letticciuolo, divenuto di spine.

Davanti a lui, sulla seggiola, la meravigliosa miniatura cinquecentista sfolgora co' suoi rabeschi di porpora e d'oro alla luce della lampada.

E il riposo per quella notte è bell'e perduto per don Mauro.

***

Verso l'alba un breve torpore pesante cala per un momento sulle palpebre stanche dell'abatino: ma è un breve sonno agitato e tormentoso. Sogna di sfogliare le pagine proibite, ove mille figure scorrette di demoni gli fanno boccacce infernali mentre don Pietro e la servente ridono a crepapelle beffandolo dietro le spalle.

Riapre di soprassalto di occhi... Qualcuno ha bussato alla porta.

– Don Mauro – dice la voce del priore dietro l'uscio – sono io: vi sentite male?... sono quasi le dieci e mezza e non vedendovi ancora levato...

Don Mauro con voce fioca mormora:

– Entrate, don Pietro, venite avanti, ve ne prego....

E il priore apre e s'inoltra.

– Siete malato? – dice egli, guardando stupito e perplesso l'abatino in letto, pallido e smunto per la lunga notte insonne.

– Ma guardate dunque, don Pietro, guardate! – dice don Mauro con un filo di voce, e gli accenna il Boccaccio posato sulla seggiola.

Don Pietro si accosta, prende il libro, guarda...

Manda un vero urlo di gioia.

Guarda, riguarda, fa scintillare alla luce la miniatura: ha compreso, l'ha riconosciuta – si slancia sul letto al collo di don Mauro e l'abbraccia e lo bacia come un forsennato, senza poter dire parola....

La servente è accorsa agli urli del suo padrone ed ora guarda stupita, ritta sulla soglia: ella non riesce a capirvi nulla.

Finalmente i suoi occhi cadono sul vecchio Boccaccio che il padrone ha posato in piena luce, sopra l'inginocchiatoio. Lo riconosce subito (lo conosceva bene!...) e grida:

– Il libro del diavolo!...

E si mette a ridere senza ritegno alcuno. in faccia al povero don Mauro, pallido e tutto scarmigliato, sul guanciale scomposto...

Mi trovavo in una grande città nordica, molto popolosa, molto vasta e inesorabilmente brumosa, seduto al tavolino d'uno sconfinato bar affollato da una turba cosmopolita, ed ove la birra correva a fiumi. Davanti a me era la figura preraffaellita di un pittore inglese alla moda, dall'aguzza barbetta color delle chiome degli angeli di Padre Angelico e dagli occhi cilestrini ripieni ancora della visione delle migliaia di paesaggi ove avea portato – girando mezzo mondo – il suo cavalletto smontabile ed i suoi occhiali d'oro.

Egli, offrendomi una sigaretta prese a dire, con voce di colui che insegue con lo sguardo della mente una visione lontana ma non isvanita ancora:

– E ho veduto, nel mondo, un paese tutto rocce e bagnato dal mare. Le rocce sono aride, ispide, terribilmente aguzze e selvagge; eppure il mare, intorno ad esse, ha la morbidezza del raso: de' lievi baci di spuma, delle tenui carezze di fiotto. Il mare, fra quelle rocce nere, ha tutti i riflessi possibili: da' più miti ai più ardenti. Dal berillo più tenero al viola cupo, profondo; dall'azzurro del cielo sereno al verde glauco pieno di misteri. E sopra quel mare multicolore, da' riflessi ogni minuto cangianti, s'alzano i più arditi, i più bizzarri, i più scontorni picchi rocciosi che imaginar si possa. Essi s'ergon minacciosi, giganti, per diruparsi, in basso, in mille schegge minute, in piccoli frantumi, in cento ciottoli che l'onda rende iridiscenti al sole. E come il sole sale sull'orizzonte, così cambia la loro tinta: da nera divien grigiastra, da grigiastra azzurra, da azzurra color di rosa, e poi viola tenue e poi bruna, e nera ancora. Alle volte fra quelle scogliere strane è una sottile nebbia: ed allora il sole giuoca in mille maniere sopra di essa, i più bizzarri scherzi di luce corron da un picco all'altro, da una fenditura all'altra, tra le crepe, i dirupi, i sassi iridiscenti: le più strane sfumature accendon quella nebbia, quegli scogli, quel mare sempre sussurrante... Ed era allora, vedete, proprio allora, ch'io gettavo via il mio pennello e la mia tavolozza, così vana, così povera, così inutile per me in quel momento e gridavo convinto: – Oh, no, Dio mio, è impossibile fermar tutto ciò sulla mia tela!... è uno spettacolo che bisogna lasciar filtrare per gli occhi nel cuore e portarlo con sè per tutta la vita!...

E il preraffaellita si fermava per guardarmi profondamente negli occhi.

– E cotesto paese delle rocce, – domandai, – sarebbe?...

– Non lo indovinate?

– La Norvegia?... i fiords, non saprei.

– I fiords?... Ah! – e il pittore batteva forte la mano sul tavolino tutti uguali voi italiani, e sempre uguali!...

E aprendomi sdegnosamente in volto i piccoli occhi cilestrini ripieni ancora della luce e dell'azzurro del paese delle Scogliere, egli mi gridava:

– Questo paese benedetto è nella vostra Italia! è la vostra Riviera! quella che il nostro Byron ha adorato da innamorato, ed ove il nostro vicino Karr ha perduto il suo spirito maligno per non sentir altro che l'ammirazione: la più grande, la più sconfinata, la più sincera ammirazione!...

Questo mi diceva una sera, in un grande bar pieno di gente cosmopolita, un entusiasta pittore inglese, in una popolatissima e assai brumosa città nordica.

***

E nell'autunno del 1829 sopra una alta strada di campagna, fiancheggiata da un lato da uliveti, che si prolungan su per il monte, e dall'altra scendente giù a scaglioni sino al mare, un giovane biondo scriveva ammirando, mentre guardava l'orizzonte spazioso, e pieno di luce, tutta luce, sopra un piccolo quaderno rilegato in rosso:

«Dall'alto del monte io vedo il mare... fra i picchi verdeggianti fa capolino l'onda azzurra, e le navi che si scorgono qua e là sembran passare a piene vele sulle montagne. Ah! se vi è dato goder di questo spettacolo all'ora del crepuscolo, quando gli ultimi raggi del sole intreccian la loro fantastica danza con le prime ombre della notte, e tutti i colori, tutte le forme, si fondono in un velo vaporoso, voi sarete rapiti da una magica illusione... la vettura discende strepitando, le più dolci imagini sopite nell'anima si destano e poi di nuovo dileguano...»

La strada fiancheggiata dagli uliveti e digradante al mare era quella famosa di Ruta, che reca a Genova, e il giovane biondo che scriveva le sue memorie di viaggio sopra un piccolo quaderno rilegato in rosso era un bizzarro tipo di poeta irrequieto e si chiamava Heinrich Heine.

***

Comincia il vero paese delle scogliere, subito dopo Genova, sotto la famosa collina di Albaro, ove passò il più sereno, forse, inverno di sua vita l'anima inquieta e travagliata di Giorgio Byron. Egli abitò nella Villa del Paradiso, e si narra che qualche notte – specialmente in quelle cupe di tempesta – scendesse giù sino al mare e si sedesse sugli scogli aguzzi, incurante dello schiaffo salmastro e minaccioso de' marosi che gli turbinavano intorno. E al mattino ai primissimi albori del giorno, i pescatori che scendean al mare per ritirare le reti, lo vedevan pallido e taciturno avviarsi in alto, dopo la fantastica notte, alla sua dolce Villa del Paradiso, che certamente, fra le sue quiete ombrie, mai più ha albergato anima posseduta da dèmone sì bizzarro ed agitato.

Subito, sotto la collina d'Albaro, ho detto, comincian le vere scogliere; e voglion cominciare grandiosamente, nella storia; con il famoso scoglio di Quarto dei Mille.

Sotto Nervi – la elegantissima Nervi, della quale dovrò dire fra poco – le scogliere divengon cosa d'arte. Osservate quelle grotte violentemente scavate dal mare, a morsi continui, nella roccia dura come il ferro!... Osservate quelle smerlettature incise dal bacio assiduo della spuma, quelle pareti che van sgretolandosi in mare, quegli ultimi ciottoloni tutti fessi, cincischiati, corrosi, pieni di ferite, di morsi, bucherellati dal continuo ed indefesso lavorio dell'onda verde che intorno ad essi non posa mai!... Vi ho veduto, intorno, degli artisti celebri, venuti da lontane parti del mondo, battersi la testa per la disperazione di non poter portarseli via, come ricordo, nei loro paesi senza sole e senza nebbia.

Il grosso scoglio, il Gigante, fra' suoi compagni, che è il promontorio di Portofino, veduto dal mare, dalla parte di Genova, ha un profilo dolce, d'un tenue azzurrino violaceo, tutta mitezza e serenità. Andatelo a veder da vicino! Sono macigni orrendi, dirupati a picco sul mare. Squarciature immense lo tagliano dall'alto al basso, come immani ferite. In mezzo a quell'orrida bellezza di pietroni v'è serrato un paesello, San Fruttuoso, il quale non ha altra strada che lo riunisca al mondo che il mare. Quando questo è grosso e la tempesta ricaccia indietro le barche, San Fruttuoso riman solo, fra le sue rocce scheggiate, separato dal resto dei viventi. L'ultimo scoglio del promontorio, è un colossale ciottolo rotolato giù in qualche notte di tormenta e rimasto lì, finchè al lavorìo delle onde piacerà non frantumarlo del tutto in piccole schegge.

71

Dal lato del paesello di Portofino il grosso scoglio è vestito di vecchi alberi e di ville. Nel piccolo seno dall'acqua verde che viene a lambire le casucce, venne a cercare un mese di riposo – l'ultimo – una nostra infelice donna di grande ingegno e dal cuore malato. Parlo della contessa Lara, la poetessa, che venne a passare in una modestissima casuccia di pescatori l'ultimo suo mese di vacanza: partita dalla casuccia marinaresca direttamente per Roma, pochi giorni dopo finiva la travagliosa sua vita nel modo più tragico... La ricordan ancora tutti, nel paesello, la bionda contessa – la chiamavan così.

Passato Portofino, dopo Santa Margherita e Rapallo la riva s'ingentilisce, si fa meno ruvida e dirupata. Siamo sempre tra le scogliere, ma qua e là s'apron morbide vallette vellutate, come ne' dintorni di Chiavari e di Sestri Levante. Ma avvicinandosi alla Spezia ritornan aride, per divenir poi addirittura selvagge... Le famose Cinque Terre – famose pel loro vino – sorgono in vetta a certe rupi scoscese che fanno deliziosamente paura alle belle miss che passan sotto di esse, nell'agile lancia scivolante sull'onda azzurra e spumosa. Nelle spaccature di quelle balze sporgenti nei flutti – ha scritto un vecchio scrittore marinaresco che i Liguri hanno il torto d'aver dimenticato troppo presto, il Morchio – entro poche manciate di terriccio, lassù deposte dal coltivatore, vegeta il magliolo che inghirlanda que' massi co' suoi pampini e li imporpora de' suoi grappoli famosi, affocati dal sole cocente e da' suoi raggi riverberanti dal sasso... E da quei filari sospesi lassù, sulla rupe a picco sul mare, vien fuori quel famoso vino delle Cinque Terre, celebre in Liguria e fuori, da' riflessi d'oro colato il bianco, e del più schietto rubino il rosso... Sulle vette delle rupi più elevate e minacciose guarda sempre sul mare qualche vecchio castello melanconico, che ha veduto i corsari saraceni, le galere venete e pisane, e i navigli dei vari Doria, degli Assereto e degli altri cento uomini di mare genovesi.

Io penso a ciò che dev'esser passato nella mente del più galante e spiritoso dei re francesi (quello che con una frase ben detta seppe salvarsi dalle conseguenze non del tutto lusinghiere d'una battaglia perduta) quando in una certa mattina del marzo del 1525, affacciandosi alla balconata d'un grande castello posto sull'alto d'una collina, guardò intorno e vide la più ampia e meravigliosa distesa del mare sereno che sia dato vedere. Ah! io giurerei che alla mente di Francesco I deve esser ritornato più volte, vivido, fra le gaie sue giornate di Francia, quel ricordo luminoso della sua prigionia!...

***

E subito dopo Quinto incomincia la famosa strada sugli scogli che abbraccia tutta Nervi. Credo che il suo nome venga ripetuto e ricordato negli angoli più opposti e reconditi del globo. Di ciò vi convincerete subito osservando i passeggiatori che su di essa voi incontrerete. Tutte le caratteristiche tradizionali delle razze, specialmente nordiche, voi scorgerete subito: il solito inglese; il solito tedesco, il barbuto russo, lo snello americano, il pallido e nervoso spagnuolo, il pétillant francese, e via dicendo. Italiani pochissimi, quasi nessuno: neppure degli abitanti stessi del paese. Chi sa perchè! Tanto che passeggiandovi spesso mi sentivo anch'io accomunato ad uno di quegli esotici signori e non mi passava più neppur lontanamente per la testa l'idea che pur non ero che a pochi passi dalla mia nativa e rumoreggiante città.

E la bellissima strada sugli scogli – unica nel suo genere – tutta piena delle più strane ed eteroclite fogge, dalle larghe zimarre a quadri inglesi ai comodi faldoni alemanni, dalle pagliette spagnuole ai mezzi cilindri gallici, corre giù serpeggiante, salendo e scendendo sugli scogli a picco sul mare, protetta appena da un esilissima ringhierina di ferro che par fatta apposta, specialmente per i bambini, per dar tutto l'agio di sguisciar giù a fracassarsi le costole sulle punte aguzze della scogliera a chi ne mostri vaghezza.

72

Davanti è il mare azzurro, sconfinato: da un lato la Lanterna di Genova s'innalza fra la nebbia sottile e cilestrina, dall'altro il promontorio di Portofino, che conosciamo, si profila dolcemente violaceo... Dalla parte di terra sono le palme, gli aranci, in mezzo a siepi di rose, di caprifogli, di eriche marine, di oleandri.

Quando a Genova – la città del vento perenne – il termometro è vicino allo zero e la gente corre per le vie imbacuccata e battendo i tacchi, colà il sole è sfolgorante e si passeggia in giacchettina e rappello di paglia.

E allora, mentre a Genova, cioè a pochi passi (12 chilometri) si gela, a Nervi, sul mare, bisogna togliersi ad ogni costo il paltoncino. Eppure, malgrado tutto ciò, malgrado il bel mare azzurro, il bel sole caldo, le palme, gli aranceti, le siepi di rose e di caprifogli, la cara cittadina non è gaia. Ella ha un velo di sottile tristezza che l'adombra tutta. Ad un poeta di sensi delicati essa fa pensare alla bellezza melanconica d'una serena giornata autunnale, piena di morente tepore, di vaga nebbia diffusa e di foglie morte. Nervi non è gaia! Ma non è sua la colpa. In quell'angolo poetico di natura privilegiata troppi vengon da lontano, e da lontano assai, a cercarvi l'ultimo ristoro alla lor stanca vitalità. Troppi vengon a bere – supremo rimedio – l'alito caldo del suo mare e dei suoi aranceti.

Voi incontrate strane e profonde figure, ne' cui occhi luccicanti vibra la tristezza del desiderio di vita che van invano chiedendo a quel mare sempre azzurro, anche quando è in collera. E vedete giovani miss pallide e bionde, e giovanotti tristi seduti ne' cantucci con un libro in mano, signore silenziose, e malinconiche coppie taciturne... È vero che a volte uno scoppio di voci allegre, un frigolìo irrequieto e turbinoso, quasi il fruscìo di uno stormo di passeri, vi colpisce nella piena quiete della strada sugli scogli, rotta appena dal susurro dell'ondata giù in basso. È una folata di bambini inglesi di que' bellissimi bambini di cui parla il buon De Amicis ne' suoi ricordi di Londra, dalle gran chiome bionde, dalle gambette nude e dagli occhioni profondi. Essi son sani, vivaddio! e lo dimostran le loro vocette squillanti e il turbinìo irrequieto delle loro gambucce nude.

Passan anche talvolta, a due, a tre, gruppi di quelle belle bimbe inglesi, già donnine in miniatura, da' lunghi capelli color d'oro schietto, dalle alte vitine flessuose e dalla suprema eleganza naturale di tutte le movenze che è il dono caratteristico della loro razza...

Ma quanti tristi incontri si fanno pur spesso, sulla bella passeggiata sul mare! Carrozzelle tirate a mano, poltroncine con le ruote... Ma lasciamo andare.

Pensiamo piuttosto che qua, davanti a questo mare, molte teste coronate, molti principi del sangue e dell'intelligenza son venuti a respirare l'alito salino e profumato delle alighe de' suoi scogli. Ricordiamoci che da qui Alfonso Karr ha spedito al suo paese qualcuna delle sue celebri Guèpes meno acri del solito, vinto suo malgrado dalla dolcezza di quanto lo circondava. Qui è venuto a riposarsi Moltke, ed uno zelante vecchio cameriere dell'albergo conduceva allora a vedere la cameretta della villa sul mare ove soleva lavorare, guardando il mare, ed ove egli gli recava il pranzo, militarmente sobrio e rapido. Il buon Massimo d'Azeglio – il gran cavaliere nostro – vi portò il suo spirito arguto e schiettamente italiano...

Non posso dimenticare, in una palazzina posta sul Viale delle Palme, in fondo, ove si scende per andar sulla strada degli scogli, una figura taciturna e pensosa che sotto una piccola veranda di marmo io solea veder tutte le mattine, scendendo al mare. Egli guardava il mare e aveva davanti a sè, sur un piccolo tavolo portatile, de' fogli di carta: ma non vi scriveva mai nulla (1903). Quel grande taciturno era Arrigo Boito. E a proposito di musicisti ricordo sempre l'alta ossuta, e caratteristica figura di Marco Sala. Egli volle venire a morir qua: fra gli aranceti e le palme. Tutti lo ricordan ancora, con una lagrima negli occhi, il buon don Marco: era l'anima d'ogni festa e, sopra tutto, d'ogni beneficenza... Mi par di vederla ancora, l'alta ed elegante figura, il sorriso buono e arguto del delizioso autore dell'Egitto. Molti artisti han pianto la sua morte: ma più tanti poveri ed infelici...

Una volta vidi scender giù, solo e tranquillo, sempre nello stesso Viale delle Palme, una serena figura di vecchio, che a me in quel momento apparì luminosa: era Giuseppe Verdi.

E ricordo anche una breve visione a cui assistetti nella piccola stazione ferroviaria – visione che è rimasta impressa nella mia mente con il ricordo della bella cittadina delle palme. Visione che si ripete, purtroppo, così spesso colà, tra quelle rose e que' boschetti sempre verdi.

Un nero vagone era aperto: quattro uomini vi deposero entro una piccola bara di noce lucida. Era un'inglesina arrivata poche settimane prima con la madre ed il fratello. Era venuta a chiedere ai fiori e al mare della bella cittadina quello ch'essa, troppo tardi, non avea saputo più ridarle.

I quattro uomini deposero la cassa di noce – stretta e lunga – nel mezzo del vagone nero e vuoto. Poi un giovanetto biondo con una cesta piena di viole si appressò: e a manciate coprì tutta la piccola bara delle stupende violette di Nervi. Quando tutte furon gettate, e la cestellina fu vuota, il giovanetto – il fratello – rimase impietrito a guardare; e i quattro uomini allora chiusero le portelle del vagone e vi posero i piombi regolamentari. La piccola inglese se ne ritornava alla sua patria.


FINE.